U0164992

白夜

彩色插图本

Белые

〔俄〕

陀思妥耶夫斯基 著

成时 译

НОЧИ

人民文学出版社

图书在版编目（CIP）数据

白夜：彩色插图本 /（俄罗斯）陀思妥耶夫斯基著；成时译 . —— 北京：
人民文学出版社，2023
ISBN 978-7-02-018311-1

Ⅰ.①白… Ⅱ.①陀…②成… Ⅲ.①中篇小说 - 俄罗斯 - 近代
Ⅳ.① I512.44

中国国家版本馆 CIP 数据核字（2023）第 195460 号

责任编辑	**李丹丹**	
装帧设计	**陶　雷**	
责任印制	**王重艺**	

出版发行	**人民文学出版社**	
社　　址	**北京市朝内大街 166 号**	
邮政编码	**100705**	

印　　刷	**三河市延风印装有限公司**	
经　　销	**全国新华书店等**	

字　　数	51 千字
开　　本	880 毫米 ×1230 毫米　1/32
印　　张	4　插页 11
印　　数	1—5000
版　　次	2023 年 11 月北京第 1 版
印　　次	2023 年 11 月第 1 次印刷

书　　号	978-7-02-018311-1
定　　价	39.00 元

如有印装质量问题，请与本社图书销售中心调换。电话：010-65233595

俄国伟大的作家费多尔·陀思妥耶夫斯基并不漫长的一生留下了诸多不朽的作品，如《罪与罚》《白痴》《卡拉马佐夫兄弟》……他的作品以心理描写见长，这些心理大多是病态的、分裂的。他善与描写内心善与恶的斗争，窥视心灵的罪恶深渊，故而他的作品往往带有一种严酷冷峻的色彩。

高尔基称陀思妥耶夫斯基为"恶毒的天才"；鲁迅曾写道："他把小说中的男男女女，放在万难忍受的境遇里，来试炼它们，不但剥去了表面的洁白，拷问出藏在底下的罪恶，而且还要拷问出藏在那罪恶之下的真正的洁白来。"

而《白夜》是陀思妥耶夫斯基不同寻常的一部中篇小说。

编者的话

《白夜》讲述了一个孤独的、内心纯真的幻想者与同样孤独、纯真的少女娜斯晶卡之间一段短暂然而十分甜美、充满诗意的爱情故事，读起来回肠荡气、沁人心脾。虽然两个主人公只在一起度过四个晚上，但那纯洁、忘我的爱永远铭刻在他们心中。

书名"白夜"是因为作者的第二故乡 —— 俄罗斯圣彼得堡因纬度较高，夏至前后城市里整夜并不完全黑下来，黄昏还没有过去就呈现出黎明。这种高纬度地区特有的现象被称为"白夜"。

白夜里，房屋、街道、人，一切都像蒙上一层白色的薄纱，隐隐约约似乎梦境，这段仿佛一场虚幻的梦的故事就发生于此……

2023年3月

目次

白　夜①

感伤小说
—— 一个幻想者的回忆

……抑或它之创造成形，

是为了和你的心灵

作即使是片刻的亲近？……

伊凡·屠格涅夫②

① 彼得堡地近北极圈，到了昼长夜短的夏季，几乎整夜都有北极光照耀，故有「白夜」之称。

② 引自屠格涅夫一八四三年的诗作《花》，原句是：「须知它的创造成形，是为了和你的心灵作片刻的亲近。」

第一个夜晚

这是一个美妙的夜晚，这样的夜晚，亲爱的读者，只有在我们年轻时才有。星斗满天，清光四射，仰望夜空，你不由得要问自己，在这样的星空之下，难道还会有各种各样使性子、发脾气的人？这又是个年轻人的问题，亲爱的读者，十足是年轻人的问题，话说回来，但愿上帝使您在心里多问几次这个问题！……说到那些任性和各种各样好发脾气的先生们，我不能不想起自己在这一整天里良好的表现。打早晨起，一种莫名其妙的愁闷就开始折磨我。我突然觉得孤单，遭到大家遗弃，大家都不再理我。当然喽，谁都有理由问：这个"大家"指的是谁？因为我虽然已在彼得堡住了八年，可是几乎一个相识也没有结交上。我要结交相识干什么呢？没有相识，我对彼得堡全城也一样熟悉；正因为如此，当彼得堡全城的人都打点停当，突然动身去消夏别墅的时候，我有一种被大家丢下的感觉。剩下我孤零零一个人，我觉得害怕；整整三天，我在城里四处逛荡，心情十分阴郁，压根儿不知道如何是好。无论在涅瓦大街上走也好，到街心花园去也好，在河沿漫步也好，我看不到一张全年中在同一个地方在一定的时间我惯常遇到的人的脸。那些人自然不认识我，但是我认识他们。我对他们非常熟悉，他们的面貌我几乎都仔细观察过，他们喜形于色的时候，我为之高兴，他们的脸罩上一层阴云的时候，我为之抑郁不欢。有一位老人，我和他天天在一定的时间在方坦卡河边相见，我几乎可以说和他交上了朋友。他的面容庄重，若有所思，时时在低声自语，挥动他的左臂，右手拿一根有好多疖疤、镶着金头的长手杖。他甚至注意到我，和我心心相印。只要到了这个特定时间我偶然没有在方坦卡河畔同一个地点出现，我敢肯定他会感到怅惘。就这样，我们有时几乎到了彼此点头致意的地步，每逢两人心情都很愉快的时候就更是如此。前些日子，我们有整整两天不曾见面，到了第三天相会的时候，两人举起手来，准备脱帽为礼，亏得及时醒悟，才把手放了下来，彼此会心地擦肩而过。

我也熟识那些房屋。我一路走，每幢房子似乎都沿街跑上前来，所有的窗子都望着我，差点儿要说："您好；您身体可好？我身子骨挺好，感谢上帝，到了五月我就要添一层楼。"

或者说："您身体可好？我明天就要翻修了。"或者说："我差
点儿烧个精光，这可真把我吓坏了。"如此等等。它们中间
有我所宠爱的，有知心朋友；其中有一所打算今年夏天请建
筑师来给它整治一下。到时候，我要每天特意去看它，不让
它给整治坏了，上帝保佑！……不过我永远忘不了一座浅玫
瑰色的小巧玲珑的房子的事。这座石砌小屋真是迷人，它老
是那么亲切地瞅着我，又那么高傲地瞅着它的傻头傻脑的邻
居，每次我偶然在它身边走过的时候，我总是心里充满了喜
悦。突然在上星期，我在那条街上走过，我看了看我那老相
识，却听到一声悲切的呼唤："他们要把我漆成黄颜色啦！"
这伙坏蛋！野蛮人！圆柱也好，飞檐也好，他们什么都不放过，
我的好朋友黄得像一只金丝雀。这一回，我差点儿大发脾气。
直到如今，我还没有勇气去看望我那被抹成中国龙袍的颜色、
毁损了面容的可怜的朋友。

　　读者，这下您该知道我对彼得堡全城熟悉到了什么程度。

　　我已经说过，我心神不宁足有三天，才揣摩到它的原因。
我在街上心里不好受（这不在，那不在，都到哪儿去了？）——

待在家里也不自在。我苦苦思索了两个黄昏，我这个角落里
究竟短了什么？为什么我待在这里面这么不得劲儿？——我
呆呆地望着我那熏黑了的绿墙，还有天花板，那下面挂着玛
特廖娜非常成功地培育出来的蜘蛛网。我仔细打量我的全部
家什，观察每一张椅子，心想：麻烦是不是就出在那儿（因为
哪怕只有一张椅子不是在昨天放的地方，我就老大不自在）。
我又看窗子，可这些全没有用……我一点也不比刚才轻松一
些！我甚至想到把玛特廖娜叫来，冲着那蜘蛛网以及总的说
来不整洁的情形用父亲的口吻训斥她一通；哪知道，她只是
诧异地看了我一眼，一句话也不回答便走开了，因此蜘蛛网
直到今天还挂在原处，平安无事。最后，到今天早晨，我才
闹明白是怎么回事。咳，还不是因为他们离开我，一个个溜
到消夏别墅去了！请原谅我这话说得粗俗，不过眼下我的心
绪，实在不想用高雅的词儿……因为彼得堡所有的人，不是
走了，就是正动身上消夏别墅去；因为每一位雇一辆马车的
外貌端庄的可敬的先生在我眼里立时变成一位可敬的家长，
他在办完日常分内的事务以后一身轻松地回到自己家庭的怀

抱，回到消夏别墅去；因为如今每个过路人都完全是另一副
神气，仿佛随便碰上什么人都要说："先生，我们只是顺路到
这儿来的，再过两小时，我们就要回消夏别墅去。"只要有一
扇窗子在纤纤的雪白手指叩击之后打开了，一位俊俏姑娘就
会探出头来，叫唤一个卖盆花的小贩 —— 我当时当地便感觉
到这些花买来全然不是为了在郁闷的城市公寓中欣赏春光和
花朵，而是很快大家都要带着这些花儿到消夏别墅去。再说，
我在这种特殊的新发现方面已经取得很大的成功，使我足以
一眼就能正确无误地辨认出谁住在怎样的消夏别墅里。石岛
和药房岛或是彼得高夫大道的居民在举止力求优雅、夏装讲
究入时以及他们进城乘坐的华美的马车这些方面显得与众不
同。住在帕尔戈洛沃以及还要远一点地方的人一眼便给人以
通情达理和稳重自持的印象。到十字架岛去的游客可以从他
们悠然自得的快活神气上认出来。如果我遇上一长列车夫，
手里拿着缰绳在运货马车旁懒洋洋地走着，车上装着小山一
般的各种家具、桌椅、土耳其式和非土耳其式的长沙发以及
其他的家用什物，而在这一切之上，在货车的顶巅往往端坐

着一位年老力衰的厨娘，她押送东家的财产就像它们是她的心肝宝贝似的；或者看到几条船装着家用器具的重载在涅瓦河或者方坦卡河上滑行，向着黑河或者那些岛上驶去，那么，这些货车和船只在我眼里便一化成十、化成百地增加。人人似乎都在动身出发，人人都在成群结队搬往消夏别墅；彼得堡全城似乎在发出威胁要变成一片荒漠，因此，我终于感到羞愧、委屈、忧伤；我无处可去，也无理由去消夏别墅。我乐意随每一辆货车，随每一位租用一辆马车的、模样令人肃然起敬的先生走，可是没有谁，没有任何一个人邀请我；看来他们把我忘了，看来我在他们眼里其实是个陌路人！

我走得很远很久，因此我像通常那样，完全忘了我在什么地方，忽然我发觉已经到了城门口。一时间，我高兴起来，我跨过了拦路木杆，在庄稼地和草地之间走，忘记了疲劳，全身心充满了一种感觉，觉得像有一块沉重的石头从自己心上落了地。过路人个个都亲切地望着我，几乎像是在跟我打招呼；人人都为了什么喜事高兴，个个都抽着雪茄烟。我呢，从来也没有像当时那样高兴过。像我这样一个似病非病的城里人，置身于城墙包围中，闷得几乎喘不过气来，一出城，大自然给我的刺激是如此强烈，就像突然发觉自己来到了意大利一样。

春天一到，我们彼得堡的大自然焕发出全部生机，焕发出老天爷赋予它的全部力量，它吐出嫩绿的叶子，披上新装，点缀起姹紫嫣红的花朵，这其中有某种不可名状的令人荡气回肠的东西。…… 不知怎的，它使我想起一个病恹恹的瘦弱的姑娘，你望着她时而感到悲悯，时而怀着一种怜惜的爱，可有时你眼里压根儿就没有她这个人。然而转眼之间她突然出乎意料地变成了一位难以形容的美人儿，而你在惊讶陶醉之余，不由得要问自己：是什么力量使得这双忧郁的、心事重重的眼睛放射出这样的火花？是什么使这苍白消瘦的脸颊现出了血色？是什么使这副温柔的面容洋溢着热情？是什么使得这胸脯如此起伏？是什么使这个可怜的姑娘的脸庞突然充满了力量、生命和俏丽，使它闪亮着这样的微笑，发出这样清脆悦耳的笑声？你环顾四周，想找出什么人来，你猜想……但是这一瞬间过去了，也许第二天你看到的又是那和以前一样若有所思、心神不属的目光，那苍白的脸庞，那在举止中流露出来的温顺和畏怯，甚至悔恨，甚至是某种由于片刻欢娱而引起的异常难堪的郁闷和懊丧的痕迹……你悲叹这一时的俏丽竟然这样匆匆地、这样一去不复返地消失，她在你面前恍如昙花一现，瞬息即逝，你甚至来不及去爱她，为此你感到遗恨无穷……

然而我度过的夜晚却胜过白天！事情是这样的。

我很晚才回到城里，当我走向我的住所的时候，时钟已打十点。我走的是运河沿，一到这个时候，街上已杳无一人。不错，我的住所离市区很远。我走着，唱着，因为在我感到幸福的时候，我总给自己哼点儿什么，就像任何一个感到幸福而又没有朋友、没有至好相识可以在这个欢乐的时刻和他们分享自己的欢乐的人一样。突然间，我碰上了一桩最最意想不到的奇遇。

在我那一边，站着一个女人，她倚着沿运河的栏杆，胳膊肘支在栏杆架上。她看上去像是十分专注地望着那浑浊的运河水。她戴一顶讨人喜欢的黄帽子，披一块漂亮的大黑披

肩。"这准是个黑头发姑娘。"我心里想。她似乎并没有听到
我的脚步声,当我屏住呼吸怀着一颗怦怦乱跳的心走过她身
边的时候,她连身子都不动弹一下。

"奇怪,"我想,"她真是想什么想得出了神。"忽然我像
是入地生根似的站住了。我听到了一声忍住了的哭声。是的,
我没有听错:姑娘在哭,过了一分钟,啜泣一声又一声地传
来。我的上帝!我感到一阵阵揪心。尽管我在女人面前畏畏
缩缩,可这是一个不同寻常的时刻!……我转过身去朝她走
了一步,要是我不知道"小姐"这个称呼在所有俄国上流社会
小说中已经用过千百次,我准会叫一声:"小姐!"只是因为
我知道,我才没有叫出来。可是就在我考虑用什么词儿的时
候,姑娘醒了过来,四下里望了望,明白了是怎么回事,低
下眼睛,一下溜过我身边,顺着河沿走去。我立刻在后面跟
着她,可是她猜到了,离开河沿,越过街道,沿着人行道走。
我没有勇气跨过街道。我的心像一只被人捕获的小鸟一般颤
抖。突然间,一个偶然的机遇帮了我的忙。

就在人行道那边,离我不相识的姑娘不远的地方,忽然

出现了一位穿燕尾服的先生，已经上了年纪，可是不能说他的步态是稳重的。他摇摇晃晃，小心翼翼地扶着墙走。姑娘飞也似的走着，匆忙而又胆怯，大凡姑娘们不愿意有谁自告奋勇在夜间伴送她们回家，走路总是这个样子；不用说，要不是我的命运指点这位东倒西歪的先生采取这种不正常的手段，他是决不会去追赶她的。

突然间，我的这位先生没有向谁说一句话，撒腿就跑，大步流星追起那位我不相识的姑娘来。她一阵风似的飞奔，可是这位稳不住身子的先生眼看要追上她了，已经追上了，姑娘发出一声尖叫 —— 啊 …… 谢天谢地，我的那根出色的遍体疥疤的手杖这一回正好在我的右手中。转眼之间，我已到了人行道那一面，转眼之间，那位无礼的先生明白了自己的处境，考虑了那无可反驳的理由，不做声了，落到后面，直到我们已经走远了，他才用相当强硬的言词对我发出抗议。可是他的话，我们几乎已经听不见了。

"让我挽住您的胳膊，"我对这位素不相识的姑娘说，"这样，他就不敢再来和我们纠缠了。"

　　她一声不响，让我挽住她的由于激动和惊吓还在颤抖的胳膊。啊，好一位无礼的先生！此时此刻，我是多么感谢你啊！我匆匆瞥了她一眼，她真是个非常可爱的黑头发姑娘 —— 我猜对了；她的黑睫毛上闪亮着一颗泪珠，是由于方才的惊恐还是以往的悲伤，我不知道。然而唇边已经闪现出笑意。她也偷偷瞥了我一眼，脸微微泛红，垂下了眼皮。

　　"这，您瞧，您当初干吗把我赶走呢？要是我在您身边，什么事儿也不会发生……"

　　"可是我不认识您；我寻思您也……"

　　"难道此刻您就认识我了吗？"

　　"有这么一丁点儿。比方说，您为什么发抖呢？"

　　"嘿，您一下就猜中了！"我回答，由于发现我的这位姑娘是个聪明人而高兴，一个人又聪明又美总是好事。"是的，您一眼就猜中了您在和一个什么样的人打交道。一点不错。我到了女性身边就羞怯，我激动，我不否认，就像您刚才受了那位先生的惊吓一样激动。……我此刻也处在某种程度的惊吓之中。真像做梦一样，我在睡梦中也想不到有一天竟然会同某一个女性说话。"

"怎么？真 —— 的？"

"真的，如果我的胳膊发抖，这是因为还从没有一只像您的这样好看的小手抓住过它。我对女性完全生疏，换句话说，我从来不习惯和她们在一起。您瞧，我孤零零一个人……我甚至不知道怎样跟女性说话。就拿此刻来说，我不知道是不是对您说了什么蠢话。您跟我直说吧；我可以事先告诉您，我不会为一点小事而见怪的。……"

"不，没有什么，没有什么，刚好相反。既然您要求我开诚布公，那我就对您说吧，女人喜欢这种腼腆；如果您想知道得更多，那么告诉您，我也喜欢这种腼腆，我在到家以前不会把您从我身边赶走的。"

"您会使我变样的，"我说，快活得几乎喘不过气来，"我此刻就不再畏缩 —— 我的一切手段都没有了！……"

"手段？什么样的手段 —— 为了什么？这可是不好。"

"请原谅，我再不敢了，这是我一时失言；可是您又怎能要求在这种时刻我毫无所求……"

"希望自己招人喜欢，是不是？"

"嗯，不错；喔，看在上帝分上，请您发发善心。您想想看，我算个什么人！我已经二十六岁了，可是我从来没有见过谁。哦，我又怎能把话说得巧妙得体，说得正是时候？我不如一切都开诚布公往外端，这样对您更合适些 …… 当我的心在说话的时候，我不会沉默。嗯，反正全都一样 …… 请您相信，从来没有一个女人，从来没有！什么样的相识都没有！每天我只是幻想：到头来会有一天我会遇上一个什么人。嗳，您要知道我曾经有过多少次这样的恋爱就好了！……"

"可是怎样恋爱，爱上了谁？……"

"没有爱上谁，爱上一个理想，爱上我在睡梦中梦见的那一位。我在幻想中创作了整篇整篇的罗曼司。喔，您不知道我！说真的，我不能说没有遇见过两三个女人，可是她们是些什么样的女人啊！她们全是这样的女房东 …… 不过我要讲给您听，我会引得您发笑：我有好几次想跟街上一位贵族女郎说话，就这样随便地说话，不用说，是在她一个人的时候；我向她自然是畏怯、恭敬而又充满热情地说话，告诉她我的

生命正在孤独中死亡，求她别把我从她身边赶走，告诉她我
无缘结识任何一个女性；让她明白：不拒绝像我这样一个不幸
的人的怯生生的哀求，这甚至是女人的责任。说来说去，我
所要求的一切无非是她怀着同情向我说两句友好的话，不要
一开头就把我赶走，要相信我的话，倾听我所要说的话，想
笑我，就尽管笑，鼓舞我，对我说上两句话，只要两句话，
哪怕从此以后，我和她再也见不上面！……瞧，您笑了。……
话说回来，我讲给您听，就是为了让您笑。……"

"您别在意，我笑的是您自己跟自己过不去，您只要试上
一试，您就会成功，也许，哪怕在大街上试一试都行；越简
单明了越好。……没有一个好心肠的女性有那么狠心，会不
说两句您那么羞怯地恳求她说的话就把您打发走，除非她是
蠢人，或者是当时有什么事心里特别不痛快。……啊呀，我
怎么啦！她自然会把您当作一个疯子。我是说我自己的看法。
世上的人怎样生活，我非常了解！"

"啊，多谢您，"我叫道，"您不知道您此刻为我做了些什
么！"

"好，好！但是请告诉我，您凭什么知道我是这样一个女性，…… 嗯，一个您认为值得 …… 给予关注和表示友谊的女性 …… 一句话，不是您称之为女房东的女人？您凭什么下决心朝我走过来？"

"凭什么？凭什么？可是当时您是单身一人，那位先生又过分的胆大妄为，这是在晚上：您自己也会同意，我有责任 ……"

"不，不；还在这以前，在那儿，在那一边。您不是想向我走上前来吗？"

"在那儿，在那一边？可是我真不知道怎样回答您；我怕 …… 您知道吗，我今天感到幸福；我边走边唱；我走到了城外；我从来还没有过这样幸福的时刻。您 …… 也许，这是我的感觉 …… 哦，请原谅我，如果我提醒您：我觉得您在哭，我 …… 我听着受不了 …… 我感到揪心 …… 我的天！哦，难道我不能为您感到难过？难道对您抱有兄妹般怜惜的感情是一种罪过？…… 恕我用了怜惜这个词儿 …… 哦，一句话，难道因为我不由自主地想朝您走过去就竟然冒犯了您？……"

"停住，够了，别说了……"姑娘说，垂下眼皮，紧紧握我的手，"怪我自己，不该提这件事；不过我没有看错您，我很高兴。……可是，我到家了；就要从这儿进胡同，两步路就到……再见，谢谢您……"

"难道就这样，难道我们从此再不见面了吗？……难道就这样到此为止了吗？"

"您瞧，"姑娘笑着说，"您开头只希望说两句话，可此刻……不过，话说回来，我什么也不会对您说……也许我们能见面……"

"我明天上这儿来，"我说，"啊，请原谅我，我已经在提要求了……"

"不错，您是性急了点……您几乎是在提要求……"

"您听着，您听着！"我打断了她的话，"请您原谅，如果我以后再对您说这样的话。不过有一点，我明天不能不上这儿来。我是个靠幻想过日子的人；我实实在在的生活少得可怜，因此我把像此时此刻这样的情景看得如此难得，我不能不在幻想中重温这番情景。我会整夜、整星期、整年地在幻想中怀念您。我明天一定得上这儿来，就是这儿，就在这一个地方，就在这一个时刻，回想起前一天的情景，我会感到幸福。我已经眷恋这地方。在彼得堡，我已经有两三处这样的地方。有一次，我甚至像您一样因为回忆哭了。…… 谁知道呢，也许您在十分钟以前就是因为回忆哭了 …… 啊，请原谅我，我又放肆了；也许，您在某一个时候曾经在这儿感到特别幸福 ……"

"好，"姑娘说，"明天十点钟，我大概也会到这儿来。我明白我已经不能禁止您 …… 事实是我必须到这儿来；您别以为我跟您订了约会；我事先向您说清楚，我是为自己的事儿必须到这儿来。…… 不过 …… 哦，我向您直说吧：您要真来了，我也不会介意。首先，可能会发生像今天那样不愉快的事，不过这且不去说它 …… 总之，我就是希望看到您 …… 好向您说两句话。只是请您注意，别现在就指责我，别以为我会这么轻易和人订约会 …… 我是不会订约会的，若不是 …… 不过我还是保守这点秘密吧！只是事先说定 ……"

"说定！您说吧，事先把一切都告诉我，告诉我；我一切都可以答应，我对一切都有准备，"我高兴得叫起来，"我可以为自己担保，我一定恭敬从命 …… 您了解我 ……"

"正因为我了解您，我才请您明天来，"姑娘笑着说，"我完全了解您。不过请您留意，您来有个条件；首先（一定要听话，我要您做什么，您就照办 —— 您瞧，我说话很坦率），别爱上我。…… 请您相信，这是不可能的。我愿意接受您的友谊，我把手伸给您。可是千万别爱上我，我求您！"

"我向您起誓。"我抓住了她的手，叫起来。

"好啦，不用起誓，我知道，您能够像火药那样突然爆炸。别责怪我这么说。要是您知道 …… 我也没有可以与之说话的人，可以给我出主意的人。自然喽，谁也不会在大街上寻找为他出主意的人，您算是例外。我了解您，就像我们已是二十年的老朋友一样了解 …… 您不会背信食言，对吧？……"

"您瞧吧 …… 我只是不知道怎样熬过这一昼夜。"

"美美地睡吧；晚安，—— 记住，我已经对您有了信赖。可是您方才高声说的真好：谁能说得清楚每一种感情，哪怕是兄妹之间的同情！您知道，这话说得那么好，当时我脑子里闪过一个念头：我可以把心事告诉您……"

"看在上帝分上，说吧，是什么心事？什么心事？"

"等到明天再说。让这一点暂且保持秘密。这样对您更好一些；这样会多少有点儿像恋爱。也许，明天我会告诉您，也许不，……我还会提前和您谈一谈，我们彼此会更熟识一些。……"

"哦，我明天就把我的事情全都讲给您听！可是这到底是怎么回事，就像我身上发生了一个奇迹？……我的上帝，我这是在哪儿？哦，您说说看，您一开头没有像别的女人那样生气，把我赶走，难道您不懊悔？在两分钟内，您使我永远感到幸福。是的，感到幸福；谁知道呢，也许，您已经排解了我内心的冲突，消除了我的怀疑。……也许，我正面临着这样的时刻……哦，明天我要向您和盘托出，您一切都会明白，一切……"

"好，我洗耳恭听；明天您从头讲吧……"

"一言为定。"

"再见！"

"再见!"

于是我们分手了。我彻夜走着,我下不了回家去的决心。

我感到如此幸福……明天见!

第二个夜晚

"哦，您到底熬过来了！"她笑着向我说，握着我的双手。

"我在这儿已经有两个钟头了，您不知道这一整天我是怎么过的！"

"我知道，我知道……可是说正经的，您知道我为什么来的吗？可不是为了像昨天那样闲扯啊。我要说的是：我们往后的行为举止一定要更合情理一些。这一切我昨晚想了很久。"

"在哪方面，在哪方面要更合情理一些？从我这方面说，我乐意这样做。不过，说真的，在我一生遭遇中，没有比现在更合乎情理的了。"

"真的？首先，我求您别把我的手捏得这么紧；其次，我向您声明，关于您，我今天反复思量了很久。"

"哦，思量的结果怎样？"

"结果怎样？最后是：一切都得重新开始，因为今天我最后得出的结论是我还完全不了解您；我昨天的行为像一个小孩，一个小姑娘；自然喽，追究起来，这一切都怪我的心太好，就是说，我给自己唱了赞歌，我们只要开始剖析自己的所作所为，总是以自我颂扬结束。为了改正这个错误，我决定要对您进行一次最仔细的调查。但是由于无人可供我调查，您自己应当把一切，把全部底细讲给我听。哦，您是怎样一个人？快 —— 开始讲吧，讲您自己的故事。"

"故事！"我惊惶得叫起来，"故事！谁告诉您我有我的故事？我没有故事……"

"如果您没有故事，您又怎么活下来的呢？"她笑着打断了我的话。

"我完全没有任何故事可言！我就像常言说的，活了下来，自管自地，也就是说完全一个人 —— 一个人，孤零零一个人，—— 这种孤单是什么滋味，您明白吗？"

"您是怎么个孤单法？您是说，您从来没有遇见过谁吗？"

"啊，不是这意思，我见过一些人 —— 可我仍然是一个人。"

"那么，您难道没有和谁说过话吗？"

"严格地说，没有和谁说过话。"

"那么，您究竟是怎样一个人，请您作些说明！等一下，我来猜猜看：您大概跟我一样，有一位奶奶。我的奶奶眼睛瞎了，她一辈子什么地方都不放我去，因此我几乎完全忘了怎样说话。两年前，我做了些淘气的事，她知道管不住我了，便把我叫到她面前，用别针把我的连衣裙和她的别在一起 —— 从那时候起，我们就这样整天整天地坐着；她虽然眼睛看不见，可还能织袜子，我坐在她身边，做针线活或者念书给她听 —— 多么古怪的做法，我被她用别针拴在她身边有两年之久。……"

"啊，我的天，这有多么不幸！可是我连这样一位奶奶都没有。"

"既然没有，那您怎么能在家里坐着？"

"您请听着，您不是想知道我是怎样一个人吗？"

"哦，对，对！"

"按这词儿的本意来说？"

"按这词儿的不折不扣的本意来说。"

"好吧，我是一个怪人。"

"怪人，怪人！什么样的怪人？"姑娘叫着，哈哈笑起来，好像她有整整一年不曾有机会痛痛快快地笑过，"跟您在一起真有意思！瞧，这儿有一张长椅；我们坐下吧！这儿没有人来往，没有人会听我们说话 —— 开始讲您的故事吧！因为随您怎么说我也不会相信，您有您的故事，您不过是想隐瞒起来罢了。首先，您说的怪人是怎么回事？"

"怪人？怪人是一个反常的人，是这样一个可笑的人！"她的孩子般的笑声感染了我，我也哈哈笑着回答，"就是这样一个人物。听着：您知道幻想者是怎样的人吗？"

"幻想者！嘿，怎么会不知道？我自己就是一个幻想者。有时候，我坐在奶奶身边，脑子里什么不想呀。哦，只要一开始幻想，就会想出了神 —— 哦，居然嫁给了一个中国皇子 …… 要知道，有时候幻想也是件开心事啊！天知道，其实并不开心！特别是即使不去幻想也有心事要想的时候。"姑娘接着说，这一回，神情相当严肃。

"好极了！既然您嫁给了一位中国皇帝，那么，您就会完全了解我说的话。哦，听着 …… 喔，对不起，我还不知道您的尊姓大名哩。"

"到底想到这上头来了！您早该想到呀！"

"啊，我的天！我太快乐了，没有往这上头想……"

"我叫娜斯晶卡。"

"娜斯晶卡！光是娜斯晶卡①？"

"光是娜斯晶卡！怎么，您嫌这少了吗？您真是贪得无厌！"

"嫌少？正好相反，很多，很多，非常之多，娜斯晶卡，您这位好姑娘，要是您对我一上来就是娜斯晶卡有多好！"

"一上来就是！哦！"

"那么，娜斯晶卡，请听下面这可笑的故事。"

我在她身边坐下，装出一副严肃得近乎迂腐的神态，开始像念稿子似的讲起来。

"娜斯晶卡，如果您不知道的话，我可以告诉您，在彼得堡，有一些相当古怪的角落。普照全彼得堡的人的太阳，对这些地方仿佛不愿意瞅上一眼，而瞅着这些角落的似乎是特意为

① 娜斯晶卡是阿娜斯塔霞的小名。小说的女主人公在被问及自己姓名的时候，对这个萍水相逢的陌生男子只说出自己的小名而不说全部姓名，是一种出人意料的对他怀有好感的表示。这自然使对方又惊又喜，于是有后面的对话。

它们而设的另一个新的太阳，它用另一种特别的光辉照射一切。亲爱的娜斯晶卡，在这些角落里，过的似乎完全是另一种生活，完全不像我们周遭的那种沸腾的生活，不是在我们这儿，在我们这个严肃的、过于严肃的时代的生活，而是也许在一个非常遥远的、不为人知的国度里的生活。这种生活是一些纯粹荒诞无稽和出自热烈的理想的东西和另一些（唉，娜斯晶卡！）灰暗陈腐和平淡无奇，且不说庸俗到了难以置信地步的东西的混合物。"

"嚯，我的老天爷！好一个开场白！我听到了些什么呀？"

"您听着，娜斯晶卡（我觉得我叫您娜斯晶卡永远叫不够），您听着，在这些角落里生活着一些奇怪的人——幻想者。幻想者（如果需要一个详尽的定义的话）不是人，而是某种中性的生物。他多半居住在某个人迹不到的角落里，就像在那里躲着，连白昼的光辉也不想看一眼。一旦他钻进了自己的窝，他就像蜗牛一样，就跟自己的角落长成一体，或者极而言之，他在这方面很像那种有趣的动物，它既是动物，又是动物的家，它名叫乌龟。您会想，他为什么这样爱他的四堵墙壁，照例是漆成绿色、熏黑了的、看了丧气、发出一股叫人受不了的烟味的墙壁？这位可笑的先生有时不得不接待他的少数几位相识中的一位（他到头来还是把他的相识全都打发掉），可是他和客人相见时，为什么窘不可言，脸色改变，不知所措，活像他在四堵墙壁之中刚犯下了罪似的；活像他造了假钞票，或是写了诗打算和一封匿名信一起寄给一家杂志，在信中声称真正的诗人已故，诗人的朋友认为发表他的诗作是自己神圣的职责？娜斯晶卡，请您告诉我，为什么这两个人坐到一起谈话，却谈得不起劲？为什么没有笑声，没有从这位飘然而至、不知所措的朋友口中吐出生花的妙语，而这朋友在别的场合却谈笑风生，乐于谈论女性以及其他引人入胜的话题？最后，为什么这位大概是不久前结识的朋友第一次来访（因为在这种情形下第二次是不会有的，这朋友下次是不会来了），见了主人的慌张的脸色，尽管他善于随机应变（如果他擅于此道的话），却变得如此窘迫，如此张口结舌？而主人呢，最初作了极大的努力，使谈话顺利进行，富于生气，为了显示自己有关上流社会这方面的知识，也谈女性，甚至这样低首下心地来讨好这个误来他家做客、感到浑身不自在的可怜的人；而在发现自己的努力毫无效果以后，显得惘然若失，无计可施。末了，为什么客人忽然想起一件十分必要、其实是莫须有的事儿，于是突然拿起帽子，抽出被主人热情紧握着的自己的手，匆匆走了，而主人想尽办法表示后悔，企图弥补自己的过失？为什么这位告退的朋友嘿嘿笑着，走出门去，并且自己向自己发誓再也不上这位怪人家来了（虽然这位怪人其实是个好得不能再好的小伙子）？同时还情不自禁要给自己的想象力一点点消遣：把自己刚才与之谈话的对方在全部会晤时间的表情和一头倒霉的小猫的面容相比较（虽然这不大相称），这头小猫被孩子们任意玩弄，受了惊吓和种种欺凌，他们不讲信义地逮住了它，弄得它满身尘土，狼狈不堪，末了，好容易躲开了孩子们，藏在黑地里一张椅子底下。它在那儿不得不在喘息之余，整小时竖起背上的毛，呼哧呼哧出气，用两只爪子洗自己受了委屈的嘴脸，此后有好久对大自然和人生，甚至对同情它的女管家为它留下的主人吃剩的菜饭都怀着敌意。"

"您听着，"娜斯晶卡一直睁大眼睛，张着小嘴，吃惊地听着，这时打断了我的话，"您听着，我一点也不明白这一切为什么会发生，而您又为什么向我提出这些如此可笑的问题；不过我知道这一切情节想来一定发生在您身上，而且就像您说的，一字不差。"

"毫无疑问。"我用最严肃的神情回答。

"哦，既然毫无疑问，那就请说下去吧，"娜斯晶卡说，"因为我很想知道事情落个什么结局。"

"您想知道，娜斯晶卡，我们的主人公，或者说得更明白些，我，因为这全部事情的主人公就是我，正好就是卑微的我，您想知道我在自己的角落里干些什么，为什么由于这位没有料到的朋友的来访而这样慌乱，这样惶惶不可终日？您想知道我的房门打开的时候，我为什么惊得跳起来，满面通红，为什么我不会接待客人，为什么由于自己不能殷勤待客而感到如此无地自容呢？"

"哦，对，对！"娜斯晶卡回答，"事情正是这样。您听着：您讲得很好，可是您能不能讲得不这么好呢？您现在说话，活像是照着书本念似的。"

"娜斯晶卡!"我用一种装得很庄重严厉的口吻说,却差点儿笑出声来,"亲爱的娜斯晶卡,我知道我讲得很好,可是 —— 对不起,我不会用别的方式讲。此刻,亲爱的娜斯晶卡,此刻我就像所罗门王的鬼魂,它在用七重封条封起来的坛子里关了一千年,最后,这七重印记被从坛子上揭了下来。现在,亲爱的娜斯晶卡,经过了如此长久的分离以后我们又聚首了 —— 因为我老早就认识你了,娜斯晶卡,因为我老早就在寻找一个人,而这聚首正好说明,我找的就是您,对我们来说,我们现在相见,是命中注定 —— 此刻在我的脑子里,有几千道阀门打开了,我的话语要像河水一样流出来,要不我会憋死。因此,我请您别打断我,娜斯晶卡,乖乖地顺从地听着,要不 —— 我就不说。"

"别 —— 别 —— 别!别这样!您说吧!我现在一句话也不说。"

"那我说下去:娜斯晶卡,我的朋友,我一天中有一个小时是我心爱的时光。到了这个小时,几乎什么事务、工作、责任都告结束，大家都赶回家去吃饭，躺一会，歇息一下，而一路上大家也在考虑使黄昏、晚上以及所有剩下的业余时间过得欢快的事儿。在这个小时里，我们的主人公（请允许我，娜斯晶卡，用第三人称来讲，因为用第一人称来讲这一切，实在叫人太难为情），我们的主人公也不是没有工作，在这一个小时他也在其他人后面走着。但是一种奇异的快感浮现在他的苍白而多少有些皱纹的脸上。他望着彼得堡寒冷的天空渐渐消退的晚霞，心中不很平静。我说他望着，这不是实话，他不是望着，而是视而不见，似乎是疲倦了或是在这一刻想什么别的更为有趣的事情想得出了神，因此对周围的一切几乎不由自主地只能匆匆一瞥。他很满足，在明天重新开始之前他算是办完了那些使他伤脑筋的事务^①，他像从教室座位上放出来去做心爱的游戏和尽情淘气的小学生一样高兴。娜斯晶卡，您只要从旁瞧他一眼，您即刻就会看到欢乐的情绪已经对他的衰弱的神经和处于病态的兴奋之中的幻想力起了极好的作用。他在想什么心事……您以为他想的是晚

① 原文为斜体，下文同。

饭吗？想的是今天的黄昏？他在出神地看什么？是在看那位挺有气派的先生么（那位先生正彬彬有礼地向坐在驾着快马、金光闪闪的马车里从他身边驰过的夫人躬身施礼）？不，娜斯晶卡，他眼前顾不上这些鸡毛蒜皮的小事！他此刻由于自己本人的生活已经变得充实了，他好像突然变得充实了，难怪落日余晖在他眼前快活地闪耀，在温暖的心中唤起一连串的印象。此刻，他眼里几乎没有那脚下的路，要在以前，路上最细小的一点小玩意也能打动他的心。此刻，'幻想的女神'（亲爱的娜斯晶卡，如果您念过茹科夫斯基的诗的话）用她巧手编她的金黄的底幅，又着手在底幅上织出虚幻的光怪陆离的生活的花纹——谁知道呢，也许她会用巧手把他从他回家走的漂亮的花岗石人行道上送往水晶的七重天。您试试在这时候把他叫住，猛一下问他：他此刻站在什么地方，他在哪条街上走？——他多半什么也记不起来，既不知道他走往何处，也不知道此刻站在什么地方，他会因为懊恼脸涨得通红，为了保住面子，准会说上一句什么谎话。这就是为什么当一位令人肃然起敬的、迷了路的老太太在人行道中间温文有礼地叫住了他，向他问路的时候，他竟会那样浑身一震，差点儿叫出声来，惊恐地往四下里看的缘故。他烦恼地皱着眉头继续往前走，几乎没有发现：不止一个行人见了他都不禁微笑，并且回过头来看他的背影；还有一个小姑娘吓得闪过一边给他让路，然后睁大眼睛望了望他在沉思中露出的满脸笑容和所作的手势，就放声大笑起来。但是这位幻想的女神在任意飞翔中顺手带走了那位老太太、好奇的行人、笑着的姑娘，还有在方坦卡河面上挤得密密麻麻的驳船上过夜的农民（让我们假定，我们的主人公这时正沿着河滨走），淘气地把所有的人和所有的东西像蜘蛛网粘住的苍蝇一样，都织到它的绣布上。这位怪人也就带了新的收获回到了自己的令人愉快的洞穴，坐下来吃完了晚饭之后，他的神智才清醒过来，这时候，伺候他的、心事重重、脸色从来没有开朗过的玛特廖娜已经把桌上的东西都收走，把烟斗递给了他。他清醒过来以后，惊讶地想起他已经吃完了饭，至于怎样吃的饭，想来想去却毫无头绪。房间里黑了下来。他的心灵空虚而又忧郁；整个幻想的王国在他的周围崩塌了，崩塌得不留痕迹，没有碎裂或其他的声响，像梦境一样消逝，而他自己也想不起来他梦见了些什么。然而有一种使他回肠荡气、隐隐感到酸楚的极不愉快的感觉，一种新的愿望诱人地触动和刺激他的幻想，不知不觉唤起一连串新的幻象。小小的房间一片寂静。独自一人又无所事事的生活会助长想象；想象正在微微燃烧，徐徐沸腾，就像老玛特廖娜的咖啡壶里的水一样。玛特廖娜在旁边厨房里安静地张罗着，一面煮着她厨娘喝的咖啡。这时想象开始一阵阵地轻轻激荡。那本漫无目的地随手拿起来的书，还没有看到第三页便从我的梦想者的手里掉下来。他的想象再次亢奋紧张起来，一个新的世界，一种新的迷人的生活以它的辉煌的远景闪现在他面前。新的梦——新的幸福！一服精致的令人心荡神驰的毒药！啊，我们的现实生活对他算不了什么！在他的有偏见的眼里，我和您，娜斯晶卡，生活得那样懒散迟缓，萎靡不振；在他眼里，我们都不满于自己的命运，受尽我们的生活的煎熬！说真的，您瞧，事实上一眼就可以看出我们中间的一切是何等冷漠、阴森，仿佛在生气似的。……'可怜虫！'我那位幻想者心里想。他这么想，也难怪！瞧瞧这些幻影，它们在他面前如此迷人，如此奇妙，如此无拘无束、自由自在，成群结伙出现在他面前，组成一幅有魅力的令人兴奋的画图，在这幅图画中，站在前面的中心人物，自然是他自己，我们的幻想家，是他高贵的本人。瞧瞧那形形色色的险境奇情，那一连串无穷无尽、兴高采烈的幻景。您也许要问他幻想些什么？问这个有什么用！幻想一切呗……幻想诗人的起初不为人所承认然后却奖以桂冠的作用，幻想和霍夫曼①的友谊；巴托罗缪之夜②，狄安娜·凡尔依，在伊凡·华西里叶维奇攻占喀山时扮演英雄的角色，克拉拉·毛勃雷，埃非·迪恩斯，③教长会议以及教长之前的胡斯④，在《魔鬼罗勃特》⑤中死人复生，（您记得那音乐吗，有一股坟地的气息！）《米

① 恩斯特·台奥多尔·阿马德·霍夫曼（1776—1822），德国浪漫主义的代表作家。他的作品描写的生活往往是幻想和现实的交织。

② 巴托罗缪之夜：一五七二年八月二十四日，圣·巴托罗缪节之夜，在巴黎爆发了天主教徒大规模屠杀新教徒的事件。小说家梅里美在他的历史小说《查理第九时代的轶事》中描写了这次大屠杀。

③ 狄安娜·凡尔依，克拉拉·毛勃雷和埃非·迪恩斯都是英国小说家华特·司各特（1771—1832）的小说中的人物。

④ 扬·胡斯（1369—1415），捷克伟大的爱国者，主张建立独立于天主教的民族教会，发动反抗德国封建主的民族解放运动。一四一五年，康斯坦茨教长会议在他拒绝放弃新教教义后判处他死刑，将他烧死。

⑤ 《魔鬼罗勃特》是法国作曲家梅耶比尔（1791—1864）创作的歌剧。

娜》和《勃伦达》，①别列齐纳之战，在伏·达·伯爵夫人府中朗诵长诗②；幻想丹东③，《克莉奥佩特拉和她的情人》④，科洛姆纳的小屋⑤，属于自己的一个角落，身边是一个爱侣，她在冬日的黄昏睁着眼睛，张着小嘴听你说话，就像您，我的小天使，现在听我说话一样。……不，娜斯晶卡，在他，在他这个放荡的懒人的那种生活中，到底有什么是我和您如此希求的呢？他认为这是一种可怜而又可叹的生活，他没有料到对他来说，也许有一天，那个可悲的时刻会来到，那时候，他不是为了欢乐，为了幸福，而只是为了多过一天这种可叹的生活，甘愿献出自己全部幻想的岁月，不想在这个忧伤、悔恨和不可遏制的悲痛的时刻作出选择。但是在它，这个可怕的时刻还没有来到的时候，他什么也不希求，因为他高于希求，因为他有一切，因为他已过于满足，因为他是他自己生活的画师，他

① 《米娜》是瓦·阿·茹科夫斯基（1783—1852）写的诗，《勃伦达》是伊·伊·科兹洛夫（1779—1840）所作的谣曲。

② 在伏·达·伯爵夫人府中朗诵长诗，指伏隆卓娃－达什科娃伯爵夫人（1818—1856）举办的沙龙。

③ 丹东（1759—1794），法国大革命的活动家，国民议会中山岳派的领袖之一。

④ 《克莉奥佩特拉和她的情人》是普希金的未完成的中篇小说《埃及之夜》（1835）中一篇即兴诗作的题目。

⑤ 《科洛姆纳的小屋》（1835）是普希金的一篇诗体小说。

随心所欲地创造自己的生活，使它每一小时都合自己的意。
而且要知道，这个虚幻的仙境创造出来有多么容易，多么自
然！仿佛这一切真的不是幻影！说实在的，有时候，他真愿
意相信这全部生活并不是感情所激起，不是海市蜃楼，不是
想象力设下的骗局，而是真正实在的，具体的，真实的！为
什么，娜斯晶卡，您说，为什么一个人在这样的时刻会屏息
凝神？怎么，由于什么法术，由于怎样一种莫名其妙的心血
来潮，幻想者的脉搏会加快，眼里会迸出泪珠，他的苍白潮
润的脸颊会涨得通红，一种不可抗拒的快乐会充塞他的身心？
为什么整个整个不眠的夜晚会在一瞬间在无穷无尽的快乐和
幸福中过去？当窗子上闪耀着朝霞的玫瑰色的光线，黎明用
它的朦胧虚幻的光照亮阴沉沉的房间的时候（在我们这地方，
在彼得堡正是这样），我们的疲惫不堪、受尽煎熬的幻想者一
头扑到床上，心由于自己极度紧张的精神上的喜悦而发颤，
发痛，那滋味真是又苦又甜，终于呼呼睡去。是的，娜斯晶
卡，一个人会欺骗自己，即使是冷眼旁观，也不由得相信真
正的、诚挚的热情在激动着他的心灵，不由得相信在他的虚

妄的幻想中有某种活生生的可以触摸的东西！这是多大的欺
骗呀——比方说，他心中萌发了爱情，随之而来的是全部无
穷的欢乐以及全部难忍的痛苦。……您只要瞧他一眼，您就
会相信！亲爱的娜斯晶卡，您瞧着他，会不相信他真的从来
都不认识他在自己的幻想中那样发狂地爱着的那个人吗？他
只是在一些诱人的幻景中见到过她，而那种热情在他不过是
一场春梦，这难道是真的吗？他们并没有形影相随地一起度
过他们生活中的许多岁月。两个人并没有撇开整个世界，各
人把自己的世界、自己的生活和对方的结合在一起，这难道
是真的吗？到了必须分手的最后时刻，她没有怀着离愁别恨
伏在他的胸膛上痛哭，户外森严的天空下雨横风狂，她却没
有听见，风把她的黑睫毛上的泪珠吹下卷走，她也没有感觉，
这难道是真的吗？这一切都是梦——那个花园无人照管，荒
野萧索、孤寂，一片肃杀的气氛，园内小径长满了苔藓，而
在这个园内，他们曾有多少次并肩漫步，希望过，悲哀过，
爱恋过，那么长久地彼此爱恋过，'如此长久，如此温柔'！
还有那所古怪的祖传的屋子，在那屋子里，她和年迈阴郁的

丈夫孤寂而又忧伤地度过多少时光，丈夫始终沉默寡言，动不动就发火，他们怕他，像孩子一般畏畏缩缩，彼此提心吊胆地、苦苦地隐藏起自己的爱情，不让对方知道，这难道是真的吗？他们受了多大的折磨，他们的恐惧有多大，他们的爱情是多么天真，纯洁，而（这，娜斯晶卡，我就不用说了）人们却是多么恶毒！我的天！他随后和她相遇是在远离祖国的海岸，在异国正午炎热的天空下，那座永久的圣城中，珠光宝气、乐声悠扬的舞会上，在一座灯火辉煌的王宫中（必然是在一座王宫中），在那爬满了常春藤和蔷薇的阳台上；当时，她一认出了他，便那么急促地取下她的假面，悄声说了一句：'我自由了。'然后浑身颤抖，投入他的怀抱。于是他们快活得叫了一声，彼此贴紧身子，顿时忘记了悲伤、分离和种种痛苦，忘记了在遥远的祖国的那所阴森森的屋子，那个老人和阴暗的花园，忘记了那条长椅，当初她在长椅上给了他最后的热情的一吻，从他的由于绝望的痛苦而麻木了的臂膀中挣脱出来。……啊，娜斯晶卡，您一定会同意：当某个顽长强健、爱说笑的快活的年轻人，您的不请自来的朋友，打开了您的门，若无其事地嚷起来：'我的好兄弟，我刚从巴夫洛甫斯克来！'这时候，您准会一惊而起，不知如何是好，满脸通红，活像刚把从邻居花园里偷来的一个苹果塞在口袋里的小学生。我的天！老伯爵死了，难以言传的幸福就在眼前——从巴夫洛甫斯克又来了人。"

我结束了这悲怆的呼吁，凄楚地停了下来。我记得当时我恨不得挤出几声笑声来，因为我已经感觉到有一个和我作对的小鬼在我心中折腾，我的喉咙开始像被人掐住了似的，我的下巴颏抽搐起来，我的眼睛越来越潮润……我等待睁着聪明的眼睛听我说话的娜斯晶卡会发出一连串孩子气的、不可抑制地快活的笑声，我已经懊悔自己扯得太远，无谓地讲些长久以来憋在我心里的话，提起这些话来，我能讲得像照着本子念的那样，因为对我自己，我早已准备了判决书，这时我禁不住要宣读它，如实招认，也不指望人家会理解我；可是让我惊讶的是她不作一声，稍过一会，把我的手轻轻捏了一下，怀着一种羞窘的同情问：

"你一辈子真的是这样过来的吗？"

"一辈子，娜斯晶卡，"我答道，"一辈子，看来我将这样结束此生！"

"不，这不可能，"她不安地说，"不会这样；我就怕这样在奶奶身边度过一生。听着，这样生活一点意思都没有，你知道不？"

"我知道，娜斯晶卡，我知道！"我不再能压制自己的感情，嚷了起来，"此刻，我知道得比任何时候都清楚，我白白断送了自己全部最好的年月！此刻，我认识了这一点，为此，我觉得更加痛苦，因为上帝亲自派您，我的好天使，到我这儿来，就是为了告诉我并且指点我看到这一点。此刻，我坐在您身边，和您说着话，想的却是未来，一想我就觉得可怕——未来仍然是孤独，仍然是这种发霉的无益于人的生活；既然在现实中我感到在您身边是如此幸福，我以后还幻想些什么呢！啊，但愿您，亲爱的姑娘，万分幸福，为了您一开头就没有给我钉子碰，为了我现在已经可以说，在我一生中至少有两个晚上我真正地生活过！"

"啊，不，不，"娜斯晶卡叫道，泪珠在她眼中闪光，"不，

再不会这样下去了；我们不能这样分手！这样两个晚上有多
好啊！"

"啊，娜斯晶卡，娜斯晶卡！您知道您多么彻底地使我和
我自己和解了吗？您知道吗，我现在不会像以往有些时候那
样把自己看得那样轻贱了？您知道吗，我以后也许不会再为
自己一生中犯的罪，作的孽（因为这样的生活是罪孽）而难过？
您会不会想，我对您说的某些话是过甚其辞，看在上帝分上，
别这么想，娜斯晶卡，因为有时候我的心情是那样愁苦，那
样愁苦……因为一到这种时刻我就觉得我永远不能开始过真
正的生活，因为我已经觉得我丧失了同真正的现实的东西的
任何接触，任何辨别的能力；因为归根到底，我得责骂我自
己；因为过完那些梦幻中的夜晚，我有时会清醒过来，那真
叫可怕！同时，你听人群在您周围，在生活的漩涡中，怎样
喧闹转动，你耳闻目睹，人们是在怎样生活 —— 在现实中怎
样生活。你瞧，生活对他们来说并不是阻塞不通的，他们的
生活不像睡梦、像幻想一般消散得无影无踪，他们的生活永
远更新，永远年轻，这生活没有一个小时和另一个小时相似；

而幻想是暗影和思想的奴隶，第一块突如其来地遮掩了太
阳、把愁苦投到真正的彼得堡人的心（这颗心万分珍惜它的
太阳）上的云彩的奴隶，胆怯的幻想多么使人灰心丧气，单
调到了粗俗的地步 —— 而在愁苦之中幻想又是多么难堪！您
会觉得：它，这无穷竭的幻想，终于感到乏了，它无时无刻
不处于紧张状态之中而消耗完了，因为要知道人是会长大成
人，摆脱掉自己以前的理想的。这些理想破碎了，化为尘埃，
成为砾片；如果不存在另一种生活，那么就得用这些砾片建
立起生活来。而在同时，灵魂却在祈求和渴望另一些什么东
西！于是幻想者劳而无功地翻检自己的旧梦，犹如在余烬中
搜寻出哪怕是一颗小小的火花，好把它扇旺起来，让重新燃
起的火焰温暖已经在冷却的心，再一次复活心中一切曾是那
样甜蜜可爱，那样动人心魄，使人热血沸腾，泪珠盈眶的东
西，而这一切无非是一场春梦！娜斯晶卡，您知道我已发展
到了什么地步吗？我已经到了不能不庆祝自己的感受的周年
的地步，这些感受曾是那样甜蜜然而其实并没有发生过 ——
因为这种周年纪念只是在愚蠢虚妄的幻想中举行 —— 而我纪

念它，正是因为这些愚蠢的幻想已经消逝，而且我已无法使它们再现：要知道，幻想也不是招之即来挥之即去的。您知道吗，我现在喜欢在某些日子追忆和探访那些我一度自得其乐的地方，我喜欢使我当前的处境和已经一去不复返的过去合拍，我常常像一个影子似的在彼得堡的大街小巷游荡，既无需求又无目的，凄苦而又忧伤。真是不堪回首话当年啊！比方说，就在这地方，正好一年以前，也是在这个时刻，这一个钟头，我就像现在这么孤单，这么凄苦地在这人行道上徘徊。想那时候，幻想是忧郁的，尽管当初并不比现在好一些，却不知怎的觉得生活似乎要轻松宁静一些，没有那些如今和我片刻不离的阴暗的思想；没有那些良心的谴责，这些阴沉愁苦的谴责如今使我白天黑夜不得安宁。你问你自己：你的幻想哪儿去了？你摇摇头说：一年年过得真快啊！你又问你自己：这些年你有什么作为？你把自己的最好的时光埋葬在哪儿？你到底生活过没有？瞧，你跟自己说，瞧，这世界变得有多冷。再过一些年头，随之而来的便是阴惨惨的孤独，便是颤巍巍支着手杖的风烛残年，随后便是愁苦与沮丧。

你的幻想世界愈趋苍白，你的幻想停滞了，枯萎了，犹如树上黄叶一般飘零。…… 啊，娜斯晶卡！要知道落得孑然一身，形单影只，连足以抱憾的事情都没有，该有多惨。…… 是的，连一件憾事也没有，因为你所失去的一切，那一切，全都不值一提，愚蠢，全部等于零，无非是一些梦想而已！"

"好啦，您别往下讲，引得我怜惜您了！"娜斯晶卡擦掉了从眼里滚下来的一颗泪珠，说，"现在这一切已经结束！现在是我们俩在一起。从现在起，不管我有什么事，我们永不分离。您听着。我是个普普通通的姑娘，我没有受过多少教育，虽说我奶奶为我请过一位教师；可是，说真的，我了解您，因为您刚才讲给我听的一切，在奶奶把我拴在她的连衣裙上的时候，我自己都经历过。自然，我不能讲得像您那么好，我没有受过教育。"她羞涩地添了一句，因为她对我讲得凄切动人的口才以及我出语的高雅仍然有一定程度的尊敬。"您对我说的全是心里话，我很高兴。现在我了解您，了解得很透彻，了解一切。您猜怎么样？我想把我的故事也讲给您听，原原本本，毫不隐瞒，不过您听了之后请替我出个主意。

您是个非常聪明的人，您能答应替我出这个主意吗？"

"啊，娜斯晶卡，"我回答道，"我从来不曾给人当过参谋，更不用说是聪明的参谋了，可是我现在明白，如果我们永远像这样生活，那就是做了一件非常聪明的事，而且彼此都能给对方出非常好的主意！好啦，我的好娜斯晶卡，您要我出什么主意呢？痛痛快快地告诉我吧。我现在是这样快乐、幸福、勇敢而又聪明，要说话张嘴就来。"

"不，不！"娜斯晶卡笑着打断了我，"我要的不单是聪明的主意，我要的是真挚的透着骨肉情谊的主意，就像您已经爱了我一辈子！"

"说吧，娜斯晶卡，说吧！"我欣喜若狂地嚷起来，"即使我已经爱了您二十年，我仍然不会比现在爱得更热烈。"

"把您的手给我！"娜斯晶卡说。

"这就是！"我把手伸给她，答道。

"好，现在开始讲我的故事！"

娜斯晶卡的故事

"我的故事有一半您已经知道了，那就是，您知道我有个年老的奶奶……"

"如果那另一半也像这样简短……"我笑着打断了她的话。

"别说话，您听着。得先订个条件：不准打断我的话头，要不然，我恐怕就会闹得前言不搭后语。好啦，安安静静地听吧。

"我有一个年老的奶奶。我到她身边的时候还是个小丫头，因为我父母双亡。我敢断定奶奶以前比现在富裕，因为如今她总是念叨过去的好日子。她教我法文，后来又为我请了一位教师。在我十五岁的时候（我现在十七岁），教课结束了。就在这时候，我淘起气来；我干了什么，我不告诉您；只要说一句就够了：我的错误并不大。哪知道，一天早晨，奶奶把我叫到她跟前，说是她眼瞎了，看不住我，便用一只别针把我的连衣裙和她的别在一起，接着说，如果我不学好的话，我们就像这样坐上一辈子。总而言之，开头我怎么也想不出办法离开她：干活、念书、学习——全在奶奶身边。有一次，我想试试能不能骗过她，便磨得费奥克拉代替我坐着。
费奥克拉是我们的女佣人，她是个聋子。费奥克拉代替我坐
着；这时候奶奶正在圈椅里打盹儿，我就去找附近的一个女
友。好，这下糟啦。奶奶醒来，我已不在身边，可她还以为
我乖乖地坐在老地方，便问了句什么话。费奥克拉看见奶奶
在问话，而她又听不见，她想来想去，不知如何是好，便打
开别针，撒腿就跑……"

　　说到这儿，娜斯晶卡打住了，咯咯笑起来。我也跟着她
笑。她即刻又收住了笑声。

　　"您听着，别耻笑我奶奶。我笑是因为觉得好笑。…… 说
实在的，奶奶就是这样一个人，我有什么办法？可我多少还
是爱她的。好，这一下我算是给逮住了：我即刻又被拉到老
地方坐着，简直一动也不能动。

　　"啊呀，我忘了告诉您一件事，我们住的屋子，或者说，
奶奶住的屋子是她自己的，那是所小屋，一共有三扇窗子，
全是木头搭起来的，跟奶奶一样上了年纪；上面有个阁楼；一
位新房客搬来住进了我们的阁楼。……"

"这么说，原来有个老房客了？"我装得不在意地问了一句。

"当然有喽，"娜斯晶卡回答，"他寡言少语，不像您这样爱说话。说真的，他难得转动他的舌头，他是个瘸腿的干瘪老头，又瞎又哑，最后他活不成了，他死了；以后我们不得不找一个新房客，因为我们没有个房客就活不下去：我们的收入几乎全靠房租和奶奶的养老金。这新房客碰巧是个年轻人，他不是本地人，是外地来的。他不在房租上和我们讨价还价，所以奶奶就让他搬了进来，到后来她才问我：'喂，娜斯晶卡，我们的房客是不是个年轻人？'我不愿意撒谎，就说：'嗯，依我说，奶奶，他算不得很年轻，可也不是老头儿。'奶奶又问：'相貌好看吗？'

"我还是不愿意撒谎：'是的，相貌嘛，依我说，挺好，奶奶！'奶奶就说：'唉！真遭罪啊遭罪！孙女儿，我可是跟你说，你别偷偷瞧他。如今是什么世道啊！也怪，偏偏来了这么个不入流的房客，而且相貌还挺好：以往可不是这样！'

"奶奶想的尽是以往怎样！以往她要比现在年轻，以往太阳要比现在暖，奶油也不像现在这样很快就变酸 —— 尽是以往如何如何！我呢，坐着，一声不吭，自个儿寻思：为什么奶奶主动提醒我，问我房客相貌俊不俊，年轻不年轻？话说回来，我不过这么想了想，很快又拿起袜子来织，数起钩的针数来，不一会就全忘了。

"一天早晨，这房客找上门来问我们关于答应过他裱糊房间墙壁的事。言来语去，奶奶唠叨起来，说：'娜斯晶卡，去我的卧房里把算盘拿来。'我立刻跳起来，也不知为什么脸上有了红晕，竟忘了我坐在那里是用别针拴着的；我不是不声不响地打开别针，不让房客看见，而是腾地蹿起，把奶奶的圈椅都牵动了。我看到房客这时已经明白了我是怎么回事，脸涨得通红，站在那儿动弹不得，一下子哭了起来 —— 那一刻，我羞得无地自容，恨不得闭眼不看这世界！奶奶呵斥道：'你傻站着干什么？'我哭得更凶了 …… 房客明白，我是因为在他面前出了丑而感到羞耻，就欠身行礼，退了出去。

"打那时候起，只要过道里一有声响，我就像死过去了一样。我就想房客来了，便偷偷地打开别针以防万一。可是每次都不是他。他再也不来了。两星期过去了。那房客请费奥克拉传话，说是他有许多法文书，全是些值得一读的好书；问奶奶想不想由我把这些书读给她听，也好解解闷儿？奶奶答允了并表示感谢，只是不停地问是不是些有伤风化的书，因为要是些伤风败俗的书，那就绝对不能读。她说，你呀，娜斯晶卡，读了会学坏的。

"'那么，我学些什么呀，奶奶？那种书里写的又是些什么？'

"'哼，'她说，'那些书里写的尽是些小伙子怎样勾引规规矩矩的姑娘，他们怎样借口说希望和她们结婚，带着她们从爹妈家里出去，随后又怎样扔下这些不幸的姑娘，任凭命运摆布；终于落得个顶顶凄惨的下场。'奶奶说，'我读过好多这样的书，全都写得那样好，让你整夜坐着悄悄地读它们。你呀，娜斯晶卡，要留心，别读它们。'她问，'他送来的是些什么样的书？'

"'全是华特·司各特的小说，奶奶。'

"'华特·司各特的小说！好啦，那里面有没有什么鬼名

堂？翻一翻，看他有没有在书里夹带谈情说爱的字条儿什么的？'

"'没有，'我说，'没有字条儿，奶奶。'

"'你再看看那硬面书皮底下；他们有时就塞在硬面书皮底下，那些狗东西！……'

"'没有，奶奶，书皮底下什么也没有。'

"'哦，那就这样吧！'

"这下我们开始读起华特·司各特来，一个月左右，几乎读了一半。这以后他又一次一次地送书来，他送来普希金的作品，到了最后我简直离不了书本。我连嫁给一个中国皇子的事也不想了。

"就这样，有一次我偶然在楼梯上碰见了我们这位房客。奶奶打发我去取一样东西。他停了脚步，我脸红了，他也脸红了；可他笑了，向我问好，还问我奶奶好，他说：'怎么样，书您读了吗？'我回答：'读了。'他说：'你比较起来喜欢哪一本？'我说：'我最喜欢《艾凡赫》和普希金。'这一次，谈话就这样结束了。

"过了一星期，我和他又在楼梯上遇上了。这一次，不是奶奶差我办什么事，是我自己找东西。那时候快到三点钟了。这位房客总是在这当儿回家来。'您好！'他说。我回他一句：'您好！'

"他说：'您整天和奶奶一块儿坐着，不闷得慌吗？'

"他这么问我，我不知为什么脸红了，觉得不好意思，又一次感到受了屈辱，这大概是因为人家居然问起这样一件事来的缘故。我想不理他，走开，可是没有力量这么做。

"'您听着，'他说，'您是个好姑娘。请原谅我这么和您说话，可是请相信我，我对您是一片好意，在这一点上我赛过您的奶奶。您难道连一个可以去看望的女友都没有？'

"我说，现在一个也没有，以前倒是有一个叫玛申卡的，可是她上普斯科夫去了。

"'请问您乐意和我一块儿去看戏吗？'他说。

"'看戏？奶奶会说什么呢？'

"他说'您就偷偷地离开奶奶……'

"'那不行，'我说，'我不愿意欺瞒奶奶。再见，先生！'

"'哦，再见。'他说，没有再说什么。

"晚饭刚吃过，他就上我们房间里来；坐下和奶奶说了好一阵子话，问她去过哪儿没有，有没有熟识的人，——接着他突然说道：'今天我在歌剧院定了一个包厢；演的是《塞维勒的理发师》①，我的朋友原来想去，后来又回绝了，我还有多余的票。'

"'《塞维勒的理发师》！'奶奶叫起来，'就是以往上演过的那一个理发师？'

"'不错，'他说，'就是那一个理发师。'他瞅了我一眼。

这下我全明白了，脸红了，我的心由于期待猛跳起来！

"'原来如此，'奶奶说，'我怎么会不知道！以往在私人家中上演时，我还演过罗茜娜哩！'

"'那么您今天愿意去看吗？'那个房客问，'要是不去，我的票就白白废了。'

"'好，我们去，'奶奶说，'干吗不去呀？我的娜斯晶卡还从来没上过戏院哩。'

① 《塞维勒的理发师》是意大利杰出作曲家罗西尼（1792—1868）作的喜歌剧。

"我的天，我有多高兴呀！我们即刻准备，穿戴整齐之后动身。奶奶尽管眼瞎，可她想听听音乐，再说，她是个好心肠的老人，她所希望的莫过于让我开心解闷。我们自己上戏院，那是永远不会有的事。

"《塞维勒的理发师》给了我怎样的印象，我不告诉您；那一天整个晚上我们的房客如此亲热地望着我，说话又是如此殷勤，我当时就明白了，早上他请我一个人和他出去，是想试探一下。啊，真是快活！我躺下睡觉时心里有多么得意，多么高兴啊，我心跳得有点儿像得了热病似的，我说了一夜梦话，说的都是《塞维勒的理发师》。

"我心想，打这以后他会来得越来越勤，—— 可事实不是如此。他几乎断了踪影。一般是一个月他来一次，来只是为了请我们去看戏。后来我们又去看了两次。不过我对此感到很不痛快。我看出他只不过是可怜我，因为我在奶奶身边受到这样的拘束，如此而已。日子一天天过去，我变得坐立不安，读书干活一概没有心思。我有时候笑，故意惹得奶奶生气，有时候索性哭起来。到后来，我人瘦了，差点儿害起病来。歌剧上演季节过去了，房客根本不上我们房间来了；
我们见面的时候（不用说，每次都在楼梯上），他总是默不做
声，那么庄重地躬身为礼，似乎连话也不想说，转眼已走到
了门廊上，我呢，还在楼梯半中间站着，脸像樱桃一样通红，
因为我只要一遇见他，全身的血液都开始涌到头脸上来。

"这下快结束了。整整一年以前的五月，那个房客上我们
房间来，告诉我奶奶说他在这儿的事已经全部办妥，又要上
莫斯科去住一年。我一听这话，脸色发白，跌坐在一张椅子
里，像死过去了一样。奶奶什么也看不见。他呢，宣布要离
开我们家以后，朝我们行了个礼，走了。

"我怎么办呢？我想了又想，愁得不知如何是好，最后，
我下了决心。第二天他就要走了，我打定主意，在当天晚上
奶奶上床睡觉以后要问出个结果来。于是事情就这样发生了。
我打点了一个包袱，里面是几件连衣裙，一些换洗的衬衣。
我手拿着包袱，半死不活，走进我们的房客的阁楼。我想我
上楼梯恐怕花了有足足一个钟头。我打开了他的房门，他惊
叫一声，眼睁睁望着我。他以为我是个鬼魂，赶快倒水给我

喝，因为我两腿快要支持不住了。我的心狂跳得连脑袋都生疼，我的神智已经模糊不清。我清醒过来以后所做的第一件事便是把自己的包袱放到他床上，人挨着他坐下来，双手捂住脸，泪如泉涌地哭起来。他似乎一下子全明白了，脸色惨白，站在我面前，那么悲伤地看着我，看得我的心都碎了。

"'您听着，'他开口说，'您听着，娜斯晶卡，我什么事也办不了；我是个穷人，眼下我身无长物，连个正当的职位也没有；如果我和你结婚，我们又怎么生活呢？'

"我们谈了好久；可是说到末了，我真的急了，我说我再也不能和奶奶一起过下去了，我要逃出她那儿，我不愿意让她用别针拴住我；只要他有意，我就和他一起去莫斯科，因为我不能没有他。羞耻、爱情、高傲同时在我心中爆发，我几乎像抽风似的倒在他床上。我多么怕他拒绝我啊！

"他默然坐了几分钟，然后站起，走到我跟前，抓住了我的手。

"'听着，我的好人，我亲爱的娜斯晶卡，'他也噙着眼泪说道，'听着，我向您起誓：只要有一天，我的境遇足以使我成家，那么，您一定就是我幸福的化身。请您相信：现在只有您一个人能够使我幸福。听着，我要去莫斯科，在那儿待上整一年。我希望能打下我的事业的基础。我回来的时候，如果您仍然爱我，我向您起誓，我们就会幸福。此刻，这是不可能的，我没有这能力，我没有权利作出任何许诺。不过我再说一遍，如果一年之后，事情未能如愿，那就肯定要等上相当时间了；自然喽，这是说如果在那种情形下，您仍然爱我而不是爱另一个人的话，因为我不能也不敢用什么誓言来约束您。'

"他就向我说了这些，第二天他就走了。我们相约有关这事一句话也不告诉奶奶。这是他的要求。好，这下我的全部故事快到头了。整整一年过去了。他来了，他来这里已经整整三天，可是，可是……"

"怎么啦？"我急于要想听到结尾，便叫起来。

"可是直到此刻，他也没有露面！"娜斯晶卡仿佛使尽力气才迸出这句回答，"连个信息也没有……"

说到这里，她停住了，沉默了一会，垂下头，突然双手捂住脸，号啕大哭，把我的心都哭碎了。

我怎么也没有想到结局会是这样。

"娜斯晶卡！"我用一种怯生生的委婉的口气说，"娜斯晶卡！看在上帝分上，别哭！您怎么知道？也许他还没有来……"

"来了，来了！"娜斯晶卡接过话头说，"他来了，这我知道。还在那天晚上，他临走的前夕，我们就讲好了的。在我们说了那些我刚才告诉您的话以后，我们订了约，我们到这儿来散步，就在这河沿走来走去。当时是十点钟。我们坐在这条长椅上；那时我已经不哭了；他说的那些话，听得我心里甜滋滋的。……他说，他一到即刻上我们家。如果我不拒绝他求婚，那我们就向奶奶和盘托出。现在他来了，这我知道，可是他不露面，不露面。"

她又忍不住哭起来。

"我的天，难道我不能做点什么来减轻您的痛苦吗？"我叫道，从长椅上跳起来，急得不知如何是好，"请告诉我，娜斯晶卡，我就不能去找他谈一谈吗？"

"这可能吗？"她突然抬起头来说。

"不行，这自然不行，"我顿时醒悟过来说，"啊，有办法了，您写封信。"

"不，这不行，办不到！"她断然回答，低下头不看我。

"怎么办不到？为什么办不到？"我不肯放弃我的主意，继续说，"不过，您知道，娜斯晶卡，这要看写怎样的信！信跟信不一样。…… 啊，娜斯晶卡，我有了主意！请相信我，相信我！我不会给您出傻主意。这一切都是办得到的。您已经走了第一步 —— 干吗现在不 ……"

"不行，不行！那样就像我死气白赖地要缠住 ……"

"唉，我的好娜斯晶卡！"我打断了她的话，忍不住微微一笑，"不，不，说到头来，您有权利，因为他已经答应了您。再说，我从种种情形已经看出他是个感情细致的人，他为人正派。"我往下说，由于自己的论据和信念的合乎情理越说越得意。"他的为人怎样呢？他作了许诺，使自己受了约束：他说只要他有朝一日结婚，就非您不娶；而您呢，他让您完全自由，哪怕现在也尽可以拒绝他。…… 在这种情况下，您不妨走第一步，您有权利，退一步说，假如您想解除他的诺言的约束，您在他面前也占优势……"

"请问，换了您，您怎样写呢？"

"写什么？"

"写这封信呀。"

"要是我就这么写：'亲爱的先生……'"

"亲爱的先生，难道非这样写不成吗？"

"不成！不过，为什么非这样写不可呢？我认为……"

"好，好，往下写！"

"亲爱的先生！

请原谅我……

不，不对，用不着请求什么原谅！事实本身足以说明一切，直截了当地写吧：

我现在给您写信，请原谅我没有耐心。不过我已经足足等了充满希望的幸福的一年，您能责怪我眼下连一天疑惑不定的日子也不能熬吗？如今，您已经来了，也许，您已经改变了主意。要是这样，那么，这封信是要告诉您我既不抱怨，也不怪罪您。我不会因为您管不住自己的心而怪罪您。那是我命该如此！

您是个高尚的人。您不会看了这几行透露我的急不可耐的心情的字而付之一笑或者感到恼怒。请记住，这是一个可怜的姑娘写的，她孤苦伶仃，没有谁教她，没有谁指点她，因此她从来不会管束自己的心。但是如果说怀疑钻进了我的灵魂，即使只是一瞬间也罢，那么请原谅我。您不会忍心（哪怕只是在思想上）使一个过去如此爱过您、现在依然如此爱您的人受委屈的。"

"好，好！您跟我想到一块儿啦！"娜斯晶卡叫起来，她快活得眼睛放光，"啊！您解除了我的疑虑，您准是上帝派来帮助我的！谢谢，谢谢您！"

"为什么谢我？为的是上帝派了我来？"我问道，兴奋地瞅着她的快乐的小脸。

"对，哪怕是为了这一点，我也感谢您。"

"唉，娜斯晶卡！要知道有时候我们感谢别人，不过是因为他们和我们生活在一处。我感谢您，因为我有幸遇上了您，因为我一辈子也忘不了您！"

"好，够了，够了！现在您听我说：我们当初有约，他只要一到，就立刻在我们那些熟人家里一个地方留封信给我，让我知道他来了。这些熟人都是些纯朴的好人，我们约定的事，他们一点也不知道；万一他不能用写信这个办法，因为有些话在信中不便明言；那么，他就在到达的那天十点整上这儿来，这是我们约好相会的地点。我已经知道他来了，而今天已是第三天，不见信也不见人。早上要摆脱掉奶奶出门，这是绝对办不到的。请您明天把我的信亲手交给我跟您说过的那些好心人，他们会转给他。要有回信，请您亲自在晚上十点钟带来。"

"可是信呢，信呢！您知道首先要把信写好！看来事情后天才能办好。"

"信……"娜斯晶卡接口说，神情有点慌乱，"信……可是……"

她没有把话说完。她脸红得像玫瑰，先掉过脸去不看我，然后我突然感觉到有一封信塞到我手里，显然是早就写好、准备好、封好的。我心中泛起一种熟悉、甜蜜、动人的回忆。

"罗——罗，茜——茜，娜——娜。"我唱起来。

"罗茜娜！"我们一块儿哼着，我高兴得差点儿要拥抱她，她脸红得什么似的，黑睫毛上颤动着珍珠一般的泪珠，笑了。

"哦，好啦，好啦！现在该分手啦！"她说话像放连珠炮似的，"信已经交给了您，这是送信的地址。别了！再见！明儿见！"

她用力握了握我的双手，点了点头，飞也似的跑进她住的胡同。我在原地站了好久，目送着她。

"明儿见！明儿见！"她的身影从我眼中消失的时候，这声音还在我耳边回响。

第三个夜晚

今天是个阴沉沉的日子，下着雨，黯淡无光，犹如我未来的晚年。一些古怪的念头，一些阴森的感觉使我心情沉甸甸的，一些对我来说还不明确的问题涌进我的脑中。而我既无力也不想解决这些问题。这一切不该由我来解决！

今天我们不会见面了。昨晚我们分手的时候，天空布满了云，起了雾。我说明天将是一个坏天气。她不回答，她不愿意说和她的心愿相反的话。在她看来，这一天明媚晴朗。她的幸福的上空没有一片阴翳。

"要是下雨，我们就不见面了！"她说，"我不能来。"

我以为今天的雨她不会在意，然而她没有来。

昨天是我们第三次相见，我们的第三个白夜……

但是快乐和幸福使人变得多么美好！爱情在心中多么炽烈地燃烧！你恨不得向别人推心置腹，倾诉衷肠，你恨不得人人都快活，人人都乐呵呵！这种快乐是多么富于感染力啊！昨天她的话里有多少爱怜，她的心中对我有多少好感啊……她对我是多么殷勤，多么亲热，多么鼓舞和爱抚了我的心！啊，幸福引逗出多少风情！我呢……我呢，把这一切信以为真；我以为她……

可是，我的天，我怎么能这样想？在一切都已归于别人，一切都不是我的情况下，在到头来甚至她的温存本身、她的关注、她的爱……不错，对我的爱无非是一种即将见到另一个人而感到的快乐，要使我也感到她自己的幸福的愿望这种情况下，我怎么能这样盲目？在他没有来，我们空等一场的时候，她皱眉蹙额，感到胆怯害怕。她的所有举动，她的一切言辞就已显得不那么轻松愉快佻𠆩。说也奇怪，她的注意力转向了我，似乎本能地想把她自己希望得到的东西倾注到我身上，为的是她自己也担心她的愿望不会实现。我的娜斯晶卡是那么畏怯，那么惊慌，似乎她终于明白过来，我爱上了她，于是为了我的可怜的爱情而感到难过。大凡我们遭到不幸的时候，我们就能更深切地感受到别人的不幸；这种感觉不是消除而是加强了……

我怀着满腹心事，急不可待地去和她会面。我此刻的感受，我事先毫无所感，这一切的结局不会如我所愿，我也事先毫无所感。她喜气洋洋，容光焕发，她等待着回答。这回答就是他本人。他应该来，应该听到她的召唤，即刻赶来。她比我早到整整一个钟头。开头，她冲着什么都咯咯地笑，我说什么她都笑。我刚要张嘴便咽住了。

"您知道我为什么这么高兴吗？"她说，"为什么见到您这么高兴？为什么今天这么喜欢您吗？"

"为什么？"我问，我的心颤抖起来。

"我喜欢您，因为您并没有爱上我。要知道，换一个人处在您的地位，就会和我纠缠不清，使我不得安宁，就会唉声叹气，痛苦不堪，而您却是那样可亲！"

这时候，她使劲握我的手，疼得我差点儿叫出声来。她笑了。

"天啊！您是多好的一个朋友啊！"她过了一分钟非常认真地说起来，"您真是上帝派来照看我的！如果我此刻没有您，我又会怎么样啊？您真是不存一点私心！您对我有多好！我结婚以后，我们将是好朋友，比兄妹还要亲。那时候，我爱您将和爱他差不多。……"

此时此刻，我难过得要命，然而我心中却有某种类似要笑的感觉。

"您太激动了，"我说，"您在哆嗦，您以为他不会来了。"

"上帝保佑您，"她回答道，"如果我不是像现在这样幸福，我会为您的缺乏信心、为您的责备而哭起来。不过，您引导我思索，向我提出需要仔细思量的问题，但是这些我以后会去想的，至于眼前，我向您承认您说得对。是的，我有点忘其所以；我仿佛全身心都在期待，把一切想得有点过于轻易。啊，且住，感觉留待以后再说吧！……"

这时候，我们听到了脚步声，在黑暗中似乎有一个过路人正迎面向我们走来。我们俩身子打战，她差点儿叫出声来。我放下她的手，作了个想离开她的姿态。可是我们上当了：这不是他。

"您怕什么？您为什么撒开我的手？"她又把手伸给我说，"咦，这是怎么啦？我们一块儿见他；我希望他看到我们彼此如何相爱。"

"我们彼此是如何相爱啊！"我叫起来。

"唉，娜斯晶卡，娜斯晶卡！"我心里想，"像这样的话你

对我说过有多少啊！这种爱，娜斯晶卡，在另一个时候使人
的心发凉，灵魂变得沉重。你的手是凉的，我的手却像火焰
一样烫人。你是多么盲目啊，娜斯晶卡！…… 有些时候，一
个幸福的人是多么叫人难以忍受！但是我不能生你的气！”

那我的心终于快要胀破了。

“您听着，娜斯晶卡！”我叫道，“您知道我这一整天是怎
么过的吗？”

“啊，怎么，出了什么事啦？快讲给我听！您可是直到此
刻一直没有开腔！”

“首先，娜斯晶卡，我去办您要我办的事，交了信，去了
您的那些好人儿家里，然后 …… 然后我回到家里，躺下睡
觉。”

“就是这些？”她笑起来打断了我的话。

“是的，几乎就是这些，”我咬了咬牙回答，因为我眼里
已经满含愚蠢的泪水，“我睡到我们约会之前一小时才醒来，
可是就像没有睡一样，我不知道自己是怎么回事。我来把这
一切都讲给您听，似乎时间对于我已经不再流逝，似乎从现

在起我心里只该有一种感觉，一种感情，直到永远，似乎一分钟应该持续下去化为永恒，我觉得似乎全部生活都已停止。……我醒来的时候，只觉得有一段乐曲，以前在什么地方听过，很早就熟悉的乐曲，已经忘却、如今又想了起来的、令人销魂的乐曲，我觉得它一辈子都在我灵魂中跃跃欲出，只是如今……"

"啊，我的天，我的天！"娜斯晶卡打断了我的话，"事情为什么是这样？我一点也不明白。"

"噢，娜斯晶卡，我真想用个什么办法把这个奇怪的印象传达给你。……"我接着说，声气是悲戚的，其中还隐藏着希望，虽然是极其渺茫的希望。

"够了，您别讲了，够了。"她说，转眼间，她就猜到了，这小机灵鬼！

突然之间，她变得异乎寻常的饶舌、快活、淘气。她挽住了我的胳膊，笑着，也想引我笑。我说的每一句窘迫的话都招来她的那么清亮、那么长久的笑声。……我开始生气，她怎么一下子卖弄起风情来了。

"您听我说,"她说,"您没有爱上我,我不免心里有点不快。人的心理真是难说!不过不管怎样,您这位死心眼的先生,您总不能不夸我为人老实吧。我把什么都告诉了您,脑子里闪过的念头,不管多蠢,都告诉了您。"

"您听,现在好像是十一点钟了?"我说,这时城里一座遥远的钟楼响起了均匀的钟声。她突然收住,停了笑声,数起那钟声来。

"是啊,是十一点钟。"她终于用一种虚怯的犹豫不决的声音说。

我立刻就懊悔不该吓了她,迫使她数钟声,心里责骂自己那种恶意的冲动。我为她感到悲哀,我不知道该怎么来赎自己的罪过。我开始安慰她,想出些他之所以不来赴约的理由,提出各种论证。此时此刻的她比谁都容易受骗。事实上任何人在这种时刻都乐于听信不管什么样安慰的话,只要话里有一点合乎情理的影子,就高兴得什么似的。

"说来也真好笑,"我开始说道,并且为了自己把道理说得异常清楚,就越说越起劲,越说越得意,"他怎么能来呢,您诱得我上了您的当，娜斯晶卡，闹得我把现在是什么时间都忘了 …… 您只要想一想：他刚收到您的信；说不定有事不能来呢，说不定他会回信说明信直到第二天才到他手里。我明天天一亮就去找他，然后马上通知您。说来说去，您可以设想成千种可能性：嗯，比方说，信送到的时候，他不在家，也许直到现在，他还没有读到你的信。要知道什么事情都可能发生的啊。"

"对，对！"娜斯晶卡回答道，"我可真没有想到；当然，什么事情都可能发生。"她接着说，口气十分通情达理，不过从中可以听出某种隐隐约约的想法，犹如一支乐曲中一个令人讨厌的不和谐的音响。"现在请您办一件事，"她又说下去，"明天您尽早去一趟，如果您收到了什么，请马上通知我。您已经知道我的住处了吧？"于是她又把自己的地址向我说了一遍。

接着她对我突然显得那么温存，那么羞怯 …… 她像是在注意听我向她说的话；但是当我问她一个问题的时候，她默然不语，神色慌乱，掉过头去不看我。我正面瞅了她一眼 ——

可不是，她在哭。

"啊呀，怎么能这样？怎么能这样？唉，您真是个孩子！多么天真！…… 别哭了！"

她勉强想装出一副笑容，沉住气，可是她的下巴颏在抖动，胸脯起伏不定。

"我想的是您，"她沉默片刻后对我说，"您是那么体贴，我不是块石头，怎能感觉不到这一点 …… 您知道我现在想的什么吗？我把你们两个作了个比较。他为什么不是您呢？他为什么不像您这样？他不如您，虽说我爱他胜过爱您。"

我无言以对。她呢，似乎在等待我说些什么。

"自然喽，我也许还不完全了解他，不完全认识他。您知道我始终好像怕他似的；他总是那么严肃，神气显得似乎有些高傲。当然，我知道他只是外表如此，而在他的心中有着比我更多的柔情 …… 我记得当我提着包袱走进他的阁楼（您还记得吗?）时，他直愣愣看着我的光景。不过不管怎么说，我敬重他有点儿过分，而这就显得我们之间不平等似的，您说对不对？"

"不，娜斯晶卡，不，"我回答说，"这就是说您爱他胜过爱世界上任何人，远远超过爱您自己。"

"好，就算是这样吧，"天真的娜斯晶卡答道，"不过您知道我现在想的什么吗？我现在要说的并不是他，而只是笼统地讲；这一切我早就想过了。请问，为什么我们大家不是像兄弟姊妹一样？为什么即使是最好的人也总像隐瞒了什么似的，在别人面前对此绝口不提？为什么明知人家不会把他的话当耳边风，也不把心事直截痛快地说出来？结果是谁都凛然不可侵犯，而他真正为人并非如此，似乎人人都怕把自己的感情很快表露出来，就会使这种感情受到冷遇……"

"唉，娜斯晶卡，您说得对；不过出现这种情形有许多原因。"我打断了她的话，在这一刻，我比任何时候都更克制自己的感情。

"不，不！"她情意深挚地回答，"就拿您来说吧，您和别人不一样！我真不知道怎样向您说明我所感觉到的。不过依我看，拿您来说……就在此刻……我觉得您为我作出了某种牺牲。"她羞怯地接着说，飞快地瞅了我一眼。"请原谅我这样向您说话：您知道我是个普通姑娘，我没有多少见识，有时候我真不知道怎样说话。"她接着说，声音由于某种深藏的感情而颤抖，同时竭力想装出一副笑容，"不过我只想告诉您，我感激您，这一切我也感觉到了。…… 唉，愿上帝为此赐福于您！您那次讲给我听的关于您的幻想者的故事，完全是假的，也就是，我想说，跟您全不相干。您已经复原了，您真的已经是另一个人，完全不是您把自己说的那样。如果有一天，您爱上了谁，但愿上帝赐福于您和她。我不想祝愿她什么，因为她和您在一起会很幸福。我知道，我自己是个女人，我既然这么跟您说了，您应该相信我 ……"

她不说话了，紧紧地握了握我的手。我也激动得说不出话来。这样过了几分钟。

"好啦，显然他今天不会来了！"她终于说了这句话，抬起了头，"时间很晚了！……"

"他明天会来的。"我用十分坚定自信的口气说。

"对，"她接着说，神情活跃了一些，"此刻我自己也明白了，他明天才会来。好，那就再见吧，明天见！要是明天下雨，我也许就不来了。不过后天我会来的，不管有什么事，一定会来；请您一定到这儿来。我希望见到您，我会把一切都告诉您。"

随后，我们分手的时候，她把手伸给我，用清澈的眼光看了我一眼，说：

"从今以后我们永远在一起，您说是不是？"

啊，娜斯晶卡，娜斯晶卡！你要知道我此刻是如何的孤单就好了。

钟鸣九下的时候，我在房间里坐不住了，不顾阴雨连绵，穿上衣服走出去。我到了那儿，坐在我们曾经坐过的长椅上。我想走到她住的那条胡同里，但是我觉得不好意思，连她的窗子都不敢望一眼，在离她的屋子两步路的地方走开了。我回到家里，感到从来没有过的愁苦。多么潮湿凄凉的日子！要是个好天气，我会在那儿走上一夜……

但是明天再见，明天再见！明天她会向我说明一切的。

然而今天信没有来。不过事情正该如此。他们已经在一起了……

第四个夜晚

天啊！这一切落了个怎样的结局！落了个什么结局！

我九点钟赶到，她已经在那儿了。我老远就看到了她；她就像初次见面时那样站着，胳膊肘支在河沿的栏杆上，没有听到我走近她。

"娜斯晶卡！"我好不容易抑制住自己的激动，叫了她一声。

她很快向我转过身来。

"哦！"她说，"哦，快，快！"

我莫名其妙地望着她。

"啊，信呢？您带了信来没有？"她手抓住栏杆又问了一遍。

"没有，我没有收到信，"我终于说道，"难道他还没有去您那儿？"

她脸色惨白，一动不动地望了我好久。我粉碎了她最后的希望。

"哦，上帝保佑他！"她终于用若断若续的声音说，"如果他就这样丢下了我，但愿上帝保佑他。"

　　她垂下眼皮，随后她想看我一眼，可是她不能。她花了好几分钟竭力使自己平静下来，可是她突然转过身子，胳膊肘撑着河沿的栏杆，痛哭起来。

　　"别这样，别这样！"我才开口，可是看到她这光景，我再也没有力量说下去了，我又能说什么呢？

　　"不要安慰我，"她哭着说，"别提他了，别说什么他会来了，别说什么他不会那么狠心，那么没有人性地抛弃我，他已经这么做了。为什么，为什么？难道我的信里，那封倒霉的信里有什么不是吗？……"

　　这时她的哭声盖过了她的语声；我望着她，心都碎了。

　　"啊，真是丧尽天良！"她又说道，"连一行字、一行字都不写！哪怕回信说他不需要我，他不要我；可是整整三天，连一行字都没见着！他凌辱欺侮一个可怜的不能自卫的姑娘是多么容易！这姑娘的罪过就是爱他。这三天里我受了多少煎熬啊！我的天，我的天！一想起是我第一次主动找的他，是我在他面前不顾自己体面，哭着恳求他给我哪怕是一点儿爱情，我就……而在这以后……听着，"她转向我说道，黑眼睛放射出光芒，"不该是这样，不可能是这样！这不合道理！一定是您或是我搞错了。也许是他没有收到信？也许，直到如今，他还蒙在鼓里。您想想看，这怎么可能呢？告诉我，看在上帝分上，向我解释清楚——我实在不明白——一个人怎能粗暴野蛮到像他对待我这样的地步！没有片纸只字！世界上最低贱的人得到的怜惜也比我得到的多。也许，他听了什么话，也许有人在他面前说我坏话？"她转过来呼喊着问我，"您是怎么想的，怎么想的？"

"听着，娜斯晶卡，我明天用您的名义去找他。"

"哦！"

"我把一切都问明白，并且把一切都讲给他听！"

"哦，哦！"

"您写封信。别说不行，娜斯晶卡，别说不行！我要叫他尊重您的行为，他会明白一切，如果……"

"不，我的朋友，不，"她打断了我的话，"够了！我不再说一句话，一句话，不再写一行字——够了！我不了解他，我也不再爱他，我要忘……了……他……"

她说不下去了。

"您静一静，您静一静！在这儿坐下来，娜斯晶卡。"我
按着她在长椅上坐下，说。

"我很镇静。您不用着急！没有什么大不了的！我淌了
眼泪，眼泪会干的！怎么，您以为我要毁掉自己，我要投河
吗？……"

我心潮汹涌；我想说话，可是我不能。

"您听着！"她抓住了我的手，接着说，"请您告诉我，您
处在他的地位，不会像他这样，对不对？您不会抛弃一个主
动找您的姑娘，您不会当面不知羞耻地嘲笑她的脆弱而又痴
情的心，您会悉心爱护她，对不对？您会这样想：她孤身一人，
不会照管自己，不会小心谨慎不让自己爱上您，她没有罪过，
归根到底，她没有罪过 …… 您会想，她并没有做什么事！……
啊，我的天，我的天 ……"

"娜斯晶卡！"我终于控制不住自己的感情激动，叫道，
"娜斯晶卡！您是在折磨我！您是在伤我的心，您简直是在要
我的命，娜斯晶卡！我不能再不做声了！我还是应该说，把

此刻在心里翻腾的感情讲出来……"

我在说这番话的同时，从长椅上站起。她抓住我的手，惊奇地望着我。

"您怎么啦？"她终于问道。

"您听着！"我毅然决然地说，"听我说，娜斯晶卡！我现在要说的全是胡话，全是梦话，全是蠢话！我知道这样的事从来就不会有，可是我不能不说。为了您现在遭受的痛苦，我预先恳求您原谅我！……"

"啊呀，您要说什么呀，什么呀！"她停了哭泣，全神贯注地望着我说，同时她的惊讶的目光中流露出一种不寻常的好奇心，"您怎么啦？"

"事情是无法实现的，可是我爱您，娜斯晶卡！就是这样！好啦，这下全说啦！"我挥了挥手说，"现在您可以断定：您能不能和我像此刻这样地和我说话，您到底能不能倾听我要向您说的话……"

"哦，这又怎么啦，这又怎么啦？"娜斯晶卡截断我的话头说，"这又有什么关系？嗯，我早知道您爱我，只是在我看来，您无非是十分喜欢我罢了 …… 啊，我的天，我的天！"

"开头无非就是这样，娜斯晶卡，可现在，现在 …… 我跟您当初提着您的包袱去找他的时候一模一样。比您还要糟，娜斯晶卡，因为那时候他并没有爱上谁，而您已经爱上了。"

"看您向我说些什么！我归根到底对您完全不了解。但是请您告诉我，这是为的什么；我不是说为了什么，而是为什么您这样，这样突然地 …… 天呀！我在说些什么蠢话啊！可是您 ……"

娜斯晶卡慌乱不堪。她的脸蛋儿烧得通红，她垂下了眼皮。

"怎么办，娜斯晶卡，我该怎么办！我有罪过，我滥用了 …… 可是不，不，我没有罪过，娜斯晶卡；我听到的、感觉到的就是这样，因为我的心告诉我，我是对的，因为我不能在任何方面使您感到委屈，在任何方面使你受到凌辱！我过去是您的朋友；哦，我现在仍然是朋友，我没任何改变。我现在眼泪直流，娜斯晶卡。随它们流去，随它们流 —— 它们不妨碍谁。它们会干的，娜斯晶卡……"

"您坐下，坐下，"她说，按着我在长椅上坐下，"啊，我的天！"

"不！娜斯晶卡，我不坐；我不能再在这儿待下去了，您再也不能见到我了；我把话说完就走。我只想说，您从来不曾知道我爱您。我本该保持我的秘密。我不该在现在，在这一刻用我的利己心折磨您。不！可是我这时候忍不住。您自己已经说了，是您的罪过，您各方面都有罪过，而我没有罪过。您不能把我从您身边赶走……"

"啊，不，不，我没有赶走您的意思，没有！"娜斯晶卡竭力掩饰自己的羞涩，这小可怜儿的。

"您不赶我？不！是我自己想从您身边跑开。我会走的，只是让我先把话说完，因为您在这儿说话的时候，我坐不住，您在这儿哭泣的时候，您因为，嗯，因为（这我会说的，娜斯晶卡），因为他不要您，因为您的爱情受到厌弃而感到痛苦的时候，我觉得，我听到在我的心中有那么多对您的爱。娜斯晶卡，那么多的爱！…… 我不能用这爱来帮助您，我是多

么难过啊……心都要碎了，所以我，我——不能不说，我
应该说，娜斯晶卡，我应该说！……"

"是的，是的！对我说，就这样对我说！"娜斯晶卡做了
一个含义不明的动作说，"您也许觉得奇怪，我跟您这样说话，
可是……说吧！我以后再告诉您！我把一切都讲给您听！"

"您是可怜我，娜斯晶卡；您不过是可怜我，我的朋友！
过去的过去了！说出的话也收不回！是不是这样？好，您现
在一切都知道。好，这就是出发点。哦，好！现在这一切都
很好，只是听我说几句。您坐着在哭的时候，我自己寻思（嗳，
让我说说我想的什么！）我想（哦，这自然是不可能的喽，娜
斯晶卡），我想您……我想您到了……嗯，您到了由于和
我全然无关的原因已经不再爱他的地步，那时候——我昨
天和前天都这样想过，娜斯晶卡——那时候我会做到，我
一定会做到使您爱我：要知道您说过，是您自己说的，娜斯
晶卡，您说您已经几乎完全爱上了我。那么，往后怎么样呢？
这几乎就是我想说的一切；剩下要说的只是如果您爱上了我，
那又会怎样；如此而已，别无其他！您听着，我的朋友——

因为您到底还是我的朋友，—— 我自然是个普通的穷人，无足轻重，不过问题不在这里（我不知怎么总说不到点子上，这是因为我心慌意乱，娜斯晶卡），而在于我是爱您的，我的这种爱情，即使在您仍然爱着他，即使您继续爱那个我不认识的人的情况下，您无论如何也不会感觉到它会成为您的一个负担。您只会听到，您只会感觉到在您身边每时每刻都有一颗感激的、无限感激的心，火热的心在跳动，它为了您……啊，娜斯晶卡，娜斯晶卡！您在我身上施了什么法术啊！……"

"别哭，我不想要您哭，"娜斯晶卡飞快地从长椅上站起来，说，"走吧，起来，我们一块走，别哭，别哭，"她说，一面用她的手帕为我擦眼泪，"嗯，现在走吧；我也许可以告诉您一些事情……即使他现在抛弃了我，即使他把我忘了，我还是爱他（我不想欺骗您）……但是，请您回答我。假定我，比如说吧，爱上了您，就是说假定我只是……啊，我的朋友，我的朋友！我一想起，一想起那天我笑您痴情，夸您没有爱上我的时候，我是多么伤您的心啊！……天哪！我怎么没有预见到这种情况，我怎么没有预见到，我怎么会这样糊涂，可是……好吧，我决定把一切都告诉您……"

"听着，娜斯晶卡，您知道我要做什么吗？我要离开您，就是这样！我简直是在折磨您。您现在良心受到责备，因为您嘲笑了我，可我不愿意，是的，不愿意给您增添悲哀……过错自然在我，好了，娜斯晶卡，再见！"

"等一等，听完我要说的话：您能多待一会儿吗？"

"怎么，有什么事？"

"我爱他；可是这会烟消云散，它应该烟消云散，它不能不烟消云散；我觉得它已经在烟消云散……谁知道呢，也许今天就会结束，因为我恨他，因为您在这儿和我一块儿哭泣的时候，他笑我；因为您没有像他那样不要我；因为您爱我，而他不爱我，因为说到底，我自己爱您……是的，我爱您！我爱您就像您爱我一样；要知道，在此以前，我就把这一点告诉您了；您亲耳听到的——我爱您，因为您比他好，因为您为人比他高尚，因为，因为他……"

这位可怜的姑娘感情冲动得连话都说不下去了，她把头靠着我的肩膀，然后贴着我胸膛，伤心地哭着。我安慰她，劝她，可是她止不住哭泣；她始终握着我的手，抽抽搭搭地说："您等一等，等一等；我马上就不哭了！我要对您说 …… 您别以为我出于软弱才淌这些眼泪，您等它过去 ……"

她终于止住了哭声，擦掉了眼泪，我们又走下去。我想说话，可是她一再叫我等一等。我们沉默了一阵 …… 终于她打起精神说起来 ……

"事情是这样，"她说，她的微弱的颤音突然发出一种音响，它直接进入我的心灵，在我心中引起甜蜜而又痛楚的感觉，"别以为我是朝三暮四、水性杨花的女人，别以为我能很快地轻易地把前情忘却，改变心意 …… 我有整整一年爱着他，我以上帝的名义起誓，我从来没有对他不忠实过，哪怕在思想上也没有。他瞧不上这个，他笑话我 —— 上帝饶恕他！但是他侮辱了我，伤了我的心。我 —— 我不爱他，因为我爱的只能是宽厚大度、了解我的、光明磊落的人；因为我自己就是这样，他配不上我 —— 嗯，上帝饶恕他！与其他日后辜负我对他的期望，让我看清他是怎样一个人，倒不如现在

这样好些 …… 好，这下事情了结了！可是谁知道呢，我的好朋友，”她继续说，一边握着我的手，“也许我全部的爱是感情和想象上的自欺欺人，也许，它一开始就是一种作弄，一种无聊的玩意，这是由于奶奶管得我太严的缘故，谁知道呢？也许，我应该爱另一个人，而不是他，不是像他那样，而是另一种会怜惜我的人，…… 好啦，不谈这个了。”娜斯晶卡突然收住话头，激动得喘不过气来。“我只想告诉您 …… 我想告诉您，尽管我爱他（不，爱过他），尽管这样，如果您还是要说 …… 如果您觉得您的爱是如此博大，它足以最终从我心中排除过去的 …… 如果您愿意怜惜我，如果您不愿意撇下我一个人任凭命运的摆布，没有安慰，没有希望，如果您愿意永远爱我，像现在这样爱我，那么我向您起誓，我的感激 …… 我的爱将最终证明我是值得您爱的 …… 您现在接受我伸给您的手吗？”

“娜斯晶卡，”我泣不成声地叫道，“娜斯晶卡！…… 啊，娜斯晶卡！……”

“好啦，到此为止！哦，现在完全可以到此为止！”她几乎控制不住自己地说，"好啦，现在该说的全说啦；对不对？
是不是这样？哦，您感到幸福；我也感到幸福；别再提这些
了；等一等，宽恕我吧 …… 看在上帝分上，谈点儿什么别
的！……"

"好，娜斯晶卡，好！这谈够了，现在我感到幸福，我 ……
好，娜斯晶卡，谈别的，快，咱们快谈吧；好，我准备好
了……"

可是我们不知说些什么，我们又笑又哭，说了许许多多
毫无意义不相连贯的话；我们时而在人行道上走，时而又走
起回头路来，随意跨到街对面；然后停住脚步，又过街回到
河沿；我们活像两个孩子 ……

"眼下我是单身汉，娜斯晶卡，"我说，"可是明天 ……
哦，您自然知道，娜斯晶卡，我很穷，我一共只有一千二百
卢布，不过这不要紧 ……"

"自然不要紧，我奶奶有养老金；所以她不会给我们增加
负担。我们得和奶奶一块儿过。"

"当然要和奶奶一块儿过 …… 只是有个玛特廖娜 ……"

"啊呀，我们家也有个费奥克拉！"

"玛特廖娜是个好人，不过有一个缺点；她没有想象力，娜斯晶卡，一点想象力也没有；不过这不要紧！……"

"反正一样；她们俩能够一块儿过；不过您明天要搬到我们家来。"

"搬到你们家！这为什么？好，我搬……"

"对，在我们家租间房。我们家上面有个阁楼；它现在空着，以前的房客是个贵族老太太，她走了，我知道奶奶乐意有个年轻人来住。我问：'干吗要个年轻人？'她回答：'是这样，我老啦，娜斯晶卡，你自己可别胡思乱想，以为我希望有个年轻人好娶你。'我猜就是为了这……"

"啊，娜斯晶卡！……"

我们俩都笑了。

"哦，别说了，别说了。您住在哪儿？我忘啦。"

"就在——桥附近，巴朗尼科夫的一所房子。"

"那是一所大房子？"

"对，是所大房子。"

"噢，我知道，那是所好房子；不过您要记住，赶快丢下它搬到我们家来……"

"明天就搬，娜斯晶卡，明天就搬；我在那儿欠下一点房租，不过这不要紧……我很快就会拿到薪水……"

"您知道，我也许会招生教课；我自己学好了，然后招生教课……"

"这太好了……我呢，很快就会拿到一笔奖金，娜斯晶卡……"

"这么说，您明天就是我的房客啦……"

"对，我们一起去看《塞维勒的理发师》，因为现在很快又要上演这出戏了。"

"好，我们一起去，"娜斯晶卡笑着说，"不，我们最好别看《理发师》，看别的……"

"哦，好，看别的；当然这样更好，不过我没有想过……"

我们俩一边说着这些，一边像在腾云驾雾似的走着，好像自己不知道自己有了什么事。我们时而停止脚步，在一个地方说上老半天话，时而又信步走去，不知道我们要上哪儿，

时而笑，时而哭……忽然间，娜斯晶卡要回家了，我不敢阻
拦，决定一直送到她家门口；我们上了路，过了一刻钟，突
然发现我们回到了河沿我们那张长椅前面。于是她叹了口气，
眼泪又在眼珠里打转；我慌了，心里发凉……可是她这时握
住我的手，拉着我又走，说话，聊天……

"到时候啦，是我回家的时候啦；我想时间已经很晚了，"
娜斯晶卡终于说道，"我们像小孩子似的也闹够了。"

"对，娜斯晶卡，只是我现在不想睡，我不回家。"

"我似乎也不想睡；不过送我回家吧……"

"一定！"

"不过这一次，我们一定要真的往家走。"

"一定，一定……"

"这是真话？……因为要知道一个人迟早总得回家！"

"是真话。"我笑着回答……

"好，我们走！"

"我们走。"

"您瞧这天，娜斯晶卡，瞧！明天会是个好天气，天有多

蓝，月亮有多美！瞧：这黄色的云，现在遮住了月亮，您瞧，瞧！…… 不，它飘过去了。您瞧，瞧呀！……"

可是娜斯晶卡不瞧云彩，她默然站着，仿佛生了根似的；过了一分钟，她有点羞怯地紧紧偎依着我。她的手在我的手中颤抖。我瞧着她 …… 她靠着我靠得更紧了。

这时候，一个青年在我们身旁走过。他突然站住，注视了我们一会，然后又走了几步。我的心发抖了。

"娜斯晶卡，"我低声问她，"这是谁，娜斯晶卡？"

"是他。"她悄声回答，更紧地依偎着我，抖颤得更厉害了。…… 我几乎站不住了。

"娜斯晶卡，娜斯晶卡！是你呀！"只听得我们背后响起一个声音，同时，这青年朝我们走了几步 ……

天啊，她的那一声叫喊！她身子那一震！她怎样从我怀里挣脱出来，迎面向他扑去！…… 我站在那儿望着他们，像遭了雷殛一样。可是她刚把手伸给他，刚投入他的怀抱，便又猛然转身，向着我，像旋风，像闪电一般到了我身边，我还没有闹清是怎么回事，她已经用双手钩住我的脖子，狠狠地热烈地吻了我一下。然后连一句话也不对我说，又向他跑过去，抓住他的手，拉着他跟自己走了。

我站了好久，眼望着他们的背影⋯⋯最后，他们俩终于从我的眼前消失了。

早

晨

　　我的夜晚结束了，早晨降临了。天气不好。下着雨，雨点凄凉地敲打着我的窗子。房间里是黑魆魆的，院子里是阴惨惨的。我头疼，觉得天旋地转；寒热病钻进了我的四肢。

　　"你有一封信，先生，市邮局的邮差送来的。"玛特廖娜俯身向着我说。

　　"信！谁寄来的？"我从椅子里跳起来，嚷道。

　　"我可不知道，先生，你自己看吧，也许那上面写着是谁寄来的。"

　　我打开了封漆。是她写来的。娜斯晶卡给我的信上写着：

　　　　啊，请原谅，原谅我！我跪下来向您恳求，原谅我！我欺骗了您和我自己。这是一场梦，一场幻景……我今天为您感到痛心；请原谅，原谅我！……

　　　　请别责怪我，因为在您面前我一点也没有变；我告诉过您我会爱您的，我现在就爱着您，我对您不止是爱。天啊！要是我能同时爱你们两个有多好！唉，您要是他有多好啊！

"唉，您要是他有多好！"我脑子里闪过这句话。我记住了你的话，娜斯晶卡！

上帝知道现在我该为您做些什么！我知道您伤心难过。我伤害了您，可是您知道——一个人在恋爱中受的委屈不会长久记在心上。而您是爱我的！

我感谢您！是的！我感谢您对我的爱！因为它刻印在我的记忆中，像一场甜蜜的梦，这样的梦在醒来之后还久久不忘；因为我永远都会记得您像一位兄长那样袒露您的心灵，如此慷慨大度地接受了我的那颗破碎的心，珍惜它，爱护它，治愈它的创伤……如果您原谅我，那么我对您的永久的感激之情（这种感激之情在我心灵中永难磨灭），将把我对您的记忆提到一个更高的地位……我将保存这一记忆，不会辜负它，不会背弃它，我不会变心：它是始终不渝的。就在昨天，它飞快回到了它所永久归属的人身边。

我们会相见的，您上我们家来，您不会抛弃我们的，您永远是我的朋友，我的兄长……当您和我见面的时候，您会把手伸给我……对不对？您会把手伸给我，因为您已经原谅了我，是不是这样？您像以前一样爱我吧？

啊，爱我，不要抛弃我，因为我此刻是这样爱您，因为我值得您爱，因为我配得到您的爱……我的亲爱的朋友！下星期我要和他结婚了。他回来了，仍爱着我，他从没有把我忘了……您别因为我写到他而生气。可是我想和他一块儿上您这儿来；您会喜欢他的，是不是？

原谅我们，请记着并且爱您的

娜斯晶卡

我长久地一遍又一遍地读这封信，泪水从我的眼中涌出。它终于从我的双手里落下去，因为我用手蒙住了脸。

"好人儿！喂，好人儿！"玛特廖娜说道。

"什么事，老婆子？"

"我扫清了天花板底下的蜘蛛网；如今您哪怕要结婚，要招待客人，都正是时候。"

我望着玛特廖娜……她还是那个健旺得像年轻人的老婆子，可是不知为什么，她突然在我眼里变得目光无神，满脸皱纹，弯腰曲背，衰老不堪……不知为什么在我眼里，我的房间突然显得像这个老婆子一样苍老了。墙壁和地板褪了色，一切黯淡无光；蜘蛛网各处纷披，比以前还多。不知为什么，我向窗外望了一眼，发现对面那所屋子也已变得破旧而又黯淡，圆柱上的灰泥已经销蚀剥落，房檐变得污黑，有了裂纹，墙原是鲜亮的深黄色，现在变得斑驳了……

也许是因为突然从云缝里透出来的阳光，又躲到乌云后面，一切在我眼中又显得黯淡起来；要不，也许是我未来的种种光景——在我面前闪现，那样凄凉、那样令人寒心，我看到自己十五年以后还像现在一样，只是见老一些，还是在这个房间里，同样是孤身一人，还是和这同一个玛特廖娜在一起，过了这么些年，她一点也没有变得聪明一些。

可是我怎能记住你让我受的委屈，娜斯晶卡！要我在你

的明朗安谧的幸福之上投一片乌云；要我狠狠地责备你，在你的心灵中引起愁闷，用隐秘的责难毒害你的心灵，在欢乐的时候迫使它痛苦地跳动；要我揉碎你同他一起走向圣坛时，插在你的乌黑的鬈发里柔美的鲜花中哪怕一朵花 …… 啊，决不，决不！但愿你的天空永远晴朗，你的甜蜜的微笑永远恬静而明亮，但愿你无限幸福，因为你曾把一段欢乐和幸福的时光给予另一颗孤独而感激的灵魂。

我的天！整整一段幸福的时光！难道这对人的一生来说还嫌短吗？……

白
夜

难忘，
白夜蕴含诗意的柔光

　　圣彼得堡的白夜，从五月下旬，延续到七月中旬，白天越来越长，黑夜越来越短，六月二十二日前后，夜里十一点多，户外依然明亮，没有灯光，可以看书读报。1989年我在那个城市一所大学进修，亲身经历了白夜，留下了美好的记忆，难忘的印象。

　　彼得堡的白夜之所以难忘，还因为陀思妥耶夫斯基创作了小说《白夜》。自然界的白夜，与文学杰作《白夜》，相互辉映，相得益彰。

　　我读过这篇小说，深受感动，幸运的是，出国访学，身临其境，不仅亲眼看到了白夜微带朦胧、宁静澄澈的夜空，而且能亲自走到丰坦卡运河，伸手触摸河边的铁栏杆。少女娜斯晶卡就在那个地方等待她的心上人，等待年轻的房客，那是他们一年前的约定。

　　年轻的房客未能如期出现，让孤独的少女娜斯晶卡焦急失望，忍不住呜咽啜泣。就在这时候，那个善良的幻想家恰巧走过她的身边，于是开始了他们之间相遇、相识、相知、相恋，连续四个白夜的动人故事。

熟悉陀翁小说的读者都认为《白夜》是这位多产作家最明亮、最富有诗意的作品。

他笔下塑造了幻想家、娜斯晶卡、年轻的房客，这几个小人物都那么心地单纯、性格善良，释放出真诚坦率的人性之光，与白夜之光相互映衬，十分和谐。

幻想家的一句话，成为解读这篇小说的一把钥匙：

> 大凡我们遭到不幸的时候，我们就能更深切地感受到别人的不幸。

这句话出自幻想家之口，却来自作家陀思妥耶夫斯基的心底。

这位作家出身于平民知识分子家庭，从小生活拮据，十六岁失去母亲，十八岁时父亲意外身亡。他遭遇了太多的不幸与苦难。这让他那支擅长编织故事的笔，从一开始就隐含着悲天悯人的格调，总是释放出人道关怀的光辉，与自然界的白夜之光两相映照，扣人心弦。

孤独的幻想家陪伴善良的少女娜斯晶卡等待年轻的房客，一连等了四个夜晚，他们俩相互倾诉，彼此倾听，由体谅、关切，到萌生爱情，就在第四个夜晚，等不来意中人的娜斯晶卡，深感绝望，下决心放弃等待，答应嫁给幻想家，不料，就在那个当口，鬼使神差，年轻的房客刹那之间突然现身了。

那个人轻轻叫了一声："娜斯晶卡！"一声呼唤产生了既出人意料又在情理之中的效果：

> 天啊，她的那一声叫喊！她身子那一震！她怎样从我怀里挣脱出去，迎面向他扑去！……我站在那儿望着他们，像遭了雷殛一样。……

幻想家呆呆地僵在原地，陷入了死寂般的痛苦与失落境地。

也许读者会嘲笑他，挖苦他，幻想家依然回归他的空虚与幻想。

我却不认同这种观点。幻想家成人之美，彰显出人格的无私与高尚。他失去了爱情，却赢得了亲情。娜斯晶卡像爱兄长一样爱她，真正的爱，具有包容性。

幻想家的这种处境，非常接近普希金的一首抒情诗中的几行：

………

难道我不能默默地端详一个少女？
心中怀着浸透甜蜜的怅惘与痛苦，
难道不能用眼睛追随她的身姿？
默默祝愿她欢乐，祝愿她幸福，
并且祝愿她一切如意，事事称心，
祝愿她精神愉快，生活无忧无虑，
甚至也祝福她所选择的意中人，
他将与这可爱的少女结为伴侣！

这首诗写于1832年，诗人普希金三十三岁，幻想家的年龄应当跟诗人相仿。

从此之后，幻想家不再孤独，真可谓有舍有得。他了解娜斯晶卡的身世，多了一份关切，多了一份牵挂，也多了一份亲情。幻想家默默地为少女娜斯晶卡祝福：

> 但愿你的天空永远晴朗，你的甜蜜的微笑永远恬静而明亮，但愿你无限幸福，因为你曾把一段欢乐和幸福的时光给予另一颗孤独而感激的灵魂。
>
> 我的天！ 整整一段幸福的时光！ 难道这对人的一生来说还嫌短吗？……

这里的幻想家正像莱蒙托夫笔下的"童僧"，有了三天的自由生活，就未枉度平生！

这位无名无姓的彼得堡幻想家发出的由衷感叹，将穿越时空，温暖无数读者的心。

陀思妥耶夫斯基的《白夜》，他的故事与文采，为彼得堡的白夜，增添了深厚的人文内涵。

小人物单纯善良，释放出心灵之美的光辉，大作家陀翁悲悯情怀释放出的人道主义光辉，与圣彼得堡的白夜之光相互辉映，构成了一道独特的美丽风景，具有抚慰人心的艺术魅力，这种富有诗意的光辉，将在天地之间长存，成为彼得堡风情传世不衰的另一张名片。

愿夏季赴圣彼得堡旅游观光的游客，不仅体验白夜的繁华热闹，也要留意白夜那温馨柔和、宁静安详的晴光……

谷 羽